地下コロシアム敗北！
女拳士、騎士、喧嘩屋少女
ほんじょう山羊
illustration◎てんまそ
えすかれ
美少女文庫
FRANCE SHOIN

地下コロシアムに集結した闘士たち！

桐谷晶

Akira Kiriya

紅葉に才能を見込まれ、無理やり弟子にされる。師匠である紅葉には逆らえなかったが……。

御子神紅葉

Momiji Mikogami

通称『女帝』。陰の拳法・御子神流の継承者。
輝夜に敗れ、復讐の道具として晶を弟子にする。
力こそがすべて！が信条。
年齢的にちょっと痛いゴスロリ趣味。

羽衣輝夜

Kaguya Hagoromo

『拳聖』と称えられる現役最強拳士。
力なき者のために拳を振るい、紅葉の拳士生命を絶った宿敵。
残酷な闇の闘技大会を終わらせようと大会に参加。

葛木玲奈

Rena Kuzuki

褐色赤髪の喧嘩屋少女。
不治の病にかかった幼なじみの少年を救おうと大会に参加。
通称『鋼の拳』

レイン・サンセット

Laine Sunset

名門復興を懸けて闇の闘技大会に参加した剣闘士。
尊敬していたセコンドの父の前で……
通称『折れざる刃』

敗北の女帝と少年弟子

「羽衣輝夜《はごろもかぐや》……拳聖輝夜ですわね。初めまして……わたくしの名は御子神紅葉《みこがみもみじ》……貴女ならば聞いたことがあるのではなくって？」

モデルのようなスラリとした肢体を、白いヘッドドレスに黒いゴスロリ衣装。濃紺のニーハイソックスに、肘まで届くロング手袋を身に着けた腰まで届く長いロングストレートの黒髪の女――御子神紅葉は凛とした声で告げる。

「……御子神紅葉……」

紅葉の言葉を噛み締めるように――銀色の髪に、碧い瞳、大きく張りのある乳房に、キュッと引き締まった腰。そしてツンッと上向いたヒップを、どこからどう見ても学校制服にしか見えない衣装に身を包んだ（実際肩には学生鞄も提げている）少女が呟いた。

「……御子神流……女帝紅葉……」

「そう……正解ですわ」

少女――羽衣輝夜の言葉に紅葉はニタッと口元を歪めて笑った。

「貴女がボクになんの用？」

こちらが浮かべた笑みに対して、いぶかしげに輝夜は首を傾げる。

「なんの用？　貴女ならばわかっているはずでしょう？」

疑問に対して疑問で答える。

「千年前より伝わりし陽の拳法と呼ばれる羽衣流――その伝承者である貴女の前に、同じく千年前より伝わりし陰《いん》の拳法と呼ばれる御子神流の伝承者であるわたくしが立つ。しかも、場所はここ」

語りつつ、この場を強調するように両手を広げてみせる。

場所は夜の公園だった。聞こえるものは虫の鳴き声と、蛾が園内のあちこちに建てられた照明に激突するバチッバチッという音だけ。人通りなどほとんどない。寂しく、人によっては恐ろしささえ感じるような場所だった。

「…………」

紅葉の言葉に輝夜は答えなかった。

ただ無言でこちらをまっすぐに見つめてきた後――

「女帝──そう拳士や剣士の間で渾名《あだな》される貴女のことはボクもよく知っている。貴女がこれまで何をしてきたのかも……」

肩にかけていたバッグをその場に置きつつ、そんな言葉を向けてきた。

「へぇ……どんな話かしら？」

「……各地の有名な拳士や剣士を襲っているという話。貴女に倒された拳士や剣士たちが、流派の奥義を無理矢理奪われたという話」

「なるほど……。うふふ、その通りですわ」

「……流派の奥義、極意とは拳士にとっては命よりも大切なもの。なぜそんなものを奪う……？」

「なぜ？　なぜとわたくしに尋ねますの？　あは……あははは」

思わず紅葉は笑ってしまった。

「そんなもの疑問に思うまでもないことでしょう？　わたくしたちは拳士。戦いこそが生きる道ですわ。戦い。勝つ──拳士とはそれのみを、最強のみを追い求める存在ですわ」

「…………」

「……勝った以上、敗者に用はない。敗北した拳法、剣法など存在する価値がない。故に、奥義を、極意を奪う。勝者の証として……それのどこに疑問が？　そんなことを尋ねるなんて……それこそ〝なぜ〟ですわ」

ジッと紅葉はまっすぐ輝夜を見つめつつ問う。笑みを浮かべながら……。

だが、瞳は笑ってはいない。どこまでも冷たく、鋭かった。ごく普通の人間ならば、見つめられただけでも意識を失ってしまうのではないか？　とさえ思ってしまうほどに……。

けれども輝夜は決して瞳を逸らすことなく、涼しい表情を浮かべたままこれをまっすぐ受け止めてきた。

「……確かに貴女が言うとおり。ボクたちは戦士だ。戦いこそがすべてであり、勝つ──それこそを至上とする。しかし、力というものは他者を傷つけるためにあるものじゃない。力なき者を守るためのものだ」

「力なき者のため？」

「そう……力がある者には責任がある。その力を正しく行使するという責任が……。打ち倒した相手をさらに傷つける──そのようなことは決してあってはならない」

「……実に甘い考えですわね。力ある者に責任がある？　馬鹿馬鹿しいですわ。力ある者は……その力故に自由に生きることを許される。誰にも束縛されることなく。力こそがすべて。力ある者こそがすべてを支配することができますの。故に……わたくしは最強を目指す。誰にも負けない。負けることがない。地上最強を」

「……そのためにはどんな卑怯な真似をしてでも？」

「どういう意味ですの？」

「貴女がこれまで他流派の人たちにしてきたこと、その話は聞いている。不意打ちや闇討ちは当然のこと……時には毒を盛るなんて真似まで……」

「ああ……そういうこと……確かにその通りですわ」

平然とした表情で紅葉は輝夜の言葉を肯定した。

「ですが……それの何が悪いというのですの？」

「…………」

「私たちは戦士……私たちは常に戦場に生きる者。常在戦場——闇討ち？　不意打ち？　毒を盛られた？　そんなもの……油断している方が悪いのですわ。私はただ、一人の戦士として相手を倒すためにできることを、全力を尽くしただけ。責められるいわれなど一つもありませんの」

不意を突かれる者が悪い。そのような者、闘者失格だ。

「……正々堂々と戦い、正面から打ち倒す。それこそが本物の戦士だ」

「見解の相違ですわね」

随分甘いことを言うものだ——クスクスッと自然と笑いがわき出してきた。

「わかった……。どうやらボクと貴女は相容れないようだ……だから……」

「だから？」

ゾクゾクッと紅葉の背筋が震える。

目の前の少女——年齢は十代半ばといったところか？　今年十八になる自分より二歳か三歳は年下だろう。身長も闘者と言うにはそれほど大きくはない小柄な少女だ。自分より頭半分くらいは背が低いだろう。

だというのに、その小さな身体から異常なまでの圧力が噴き出してくるのを感じた。

小柄な身体が自分よりも大きく見える。冷や汗さえ溢れ出してきた。

（凄い……力ですわ）

（さすがは羽衣流——そして拳聖輝夜といったところですわね）

およそ千年前、一説によると時代の秩序を守るために生み出されたと言われる拳法羽衣流——一子相伝のその技は時代の節目節目に大きな役割を果たしてきたと伝えられている。

平家によって命を狙われた源頼朝を守り、放たれた刺客から足利尊氏を守護し、三方《み》ケ原《かたがはら》の戦いの際には徳川家康を救った——などという話もあるほどだ。

そんな羽衣流の歴史において歴代最強と渾名される者——それが羽衣輝夜だった。

十代という若さにして、前継承者より羽衣流のすべてを伝授されたという最強の拳士。拳聖とまで称される少女……。

「貴女を倒す。貴女の存在は争いしかもたらさないようだから……」

その羽衣流の伝承者羽衣輝夜が紅葉の前で構えを取る。

一分の隙もない完璧な構えを……。

(今までわたくしが倒してきた凡百の遣い手とはまるで違う……)

ツツッと汗が頬を流れ落ちていく。

(ですが……わたくしとて御子神流の伝承者……。そして、御子神流最強と呼ばれし者。羽衣流が……羽衣輝夜がどれほどであろうと……敗北など致しませんわ)

人を守護する羽衣流――それと対を成すようにやはり千年前に生まれた拳法、それこそが御子神流である。

時代の表舞台で活躍する羽衣流とは違い、常に御子神流は影を背負ってきた。

平清盛を殺し、剣豪将軍足利義輝を暗殺した。ついには織田信長や豊臣秀吉、そして淀、秀頼親子の命さえも……。

その御子神流において、紅葉も歴代最強の名をいただいていた。

御子神流は一子相伝ではない。強き者が跡を継ぐ。師である前伝承者を倒すことによって……。

紅葉のように十代で御子神の奥義を伝承した者は歴史上存在していない。

故に最強。故に負けることなどあり得ない。

「倒す？　ふふふ、それはわたくしの台詞ですわ」

少女に相対するように紅葉も構えを取る。

「御子神流獣撃神波《じゅうげきしんは》――殺してしまっても文句はナシですわよ」

獣のような一撃を、神の如き速度で放つ――何者が相手であろうとただの一撃で仕留めるための構えだ。御子神流奥義の一つである。

「……大丈夫。貴女ではボクを殺せない――羽衣流転生流華《てんせいりゅうか》」

これに対し、構えていた両腕をブラッと輝夜は下げた。いや、両手だけではない。全身を脱力させる。戦いの最中とは思えないほどに、リラックスした姿のように見えた。

だが――

（隙が……まるで隙がありませんわ……）

一見すると隙だらけのようにしか見えないのに、先ほど構えていた時よりも、どこからどう打ちこめばよいかがわからなくなる。下手に打って出れば反撃を受け、一撃で打ち倒されかねない――わき上がってくるものはそんなイメージだった。

ただ、だからといって手をこまねいているわけにもいかない。

（来る……決してあれは待ちの構えではありませんわ）

輝夜からもたらされるイメージは〝攻〟のそれだった。

こちらが迷っていればあちらが出てくる。そうなった時敗北するのは間違いなく自分だ。

（獣撃神波は攻めの構え。先手を取られたら負けるのはわたくし……ですが……）

初撃さえ決めれば勝つのは自分――それは間違いない。しかし、まるで隙を見いだすことができない輝夜に対し、それを決めることができるのか？　正直揺らいでしまう。

（いいえ、何を弱気になっていますの。わたくしは……わたくしは紅葉。御子神紅葉。最強の拳法御子神流の伝承者ですわ。わたくしが負けるはずなどあり得ませんわ！）

事実これまで紅葉は勝ってきた。勝ち続けてきた。

師を倒し、百を超える流派の拳士を、剣士を打ち倒してきた。

その圧倒的な強さから『女帝』とまで渾名されるほどに勝ち続けてきたではないか。

だからこそ負けない。誰が相手であろうと……。

それがたとえ拳聖とまで称される存在であったとしても！

（地上最強――それこそがわたくしが求めるもの！　このような小娘には絶対に――絶対に負けない！　負けることなど――）

「あり得ませんわぁああああっ!!」

気合と同時に大地を蹴る。

「はぁあああああ」

全身に気を充満させていく。

戦紋《せんもん》――人が持つ気穴を開き、自身の力を数倍、数十倍にまで増幅させながら……。

その速度は人類最速を遥かに上回る。実にその速度、百メートルのタイムに換算すると七秒八六！

「もらいましたわ!!」

一瞬で懐に飛びこむと共に、気を右拳一点に集中させ、必殺の一撃を撃ち放った。

(勝った!!)

相手よりも自分の方が早い。このまま輝夜の戦紋を穿つ。気穴を突き、全神経を一撃でズタズタにする。

確信するものは完全なる勝利だった。

だが――

「え？　う……嘘？」

突き出した拳が空を切る。

敵は――輝夜はわずかに半身を捻るだけで、紅葉の一撃を回避していた。

「こんなこと……あ……あり得ませんわ！」

完全に決めたと思った一撃が外されたという事実に一瞬頭の中が真っ白になる。

コンマわずか〇・〇〇何秒という世界。しかし、相手は拳聖輝夜。この隙が紅葉の命取りとなった。

「ヒュッ」

短く輝夜が息を吐く。同時に鋭い手刀が振るわれ――

「あっぐ！　うぁあああああっ‼」

右拳――その手首から血煙が噴き上がった。

＊

「ボクの勝ち」

無情な宣告がなされる。

これに対して言い返すことができない。

戦紋を突くことで相手の身体を内側から破壊する御子神流。これに対し、羽衣流は自身の肉体そのものを刃と化し、敵を外から破壊することを得意としていた。

その羽衣流の刃によって、拳の腱が切られている。拳を握ることができない。このような状態で戦うことなど不可能だった。

（いえ……それどころではありませんわ……。この傷……この傷は……）

ただ腱を切り裂いただけじゃない。ズタズタに引き裂いてもいた。

すぐに紅葉は理解する。この傷が治る類いのものではないことを……。

「貴女の右腕はもう……おしまい。日常生活を送るくらいのことはできる。でも、二度と右腕で戦うことはできない。女帝、御子神紅葉……貴女ならわかるはず」

そうわかる。理解できてしまう。自分の肉体が破壊されたことを……。

（私が……この……私が……）

心の内に広がっていくものは絶望だった。呆然と真っ赤に染まった腕を見つめ続けることしかできない。

「もう、拳士としての貴女は終わり……。さようなら、御子神紅葉」

そんな紅葉に対し冷たくそう告げてくると共に、クルッと輝夜はこちらに背を向けた。

地面に置いたバッグを拾い、この場から立ち去ろうとする。

「お……お待ちなさいっ！」

そんな輝夜を紅葉は引き留めた。

「何？」

「……こ……殺しなさい！　わたくしに……わたくしに止めを刺しなさいっ!!」

小首を傾げる輝夜にはっきりと告げる。自分を殺せと……。

「拳を握れない？　戦うことができない？　そんな生き恥……耐えられませんわ！だから……だからわたくしを殺しなさい！」

地上最強を夢見て生きてきた。

自分こそがすべての人間の頂点に立つ——そのはずだったのに、戦う術を奪われた。

そのような状態でこれから先生きていくなど、耐えられない。耐えられるはずがない。だから殺せと訴える。止めを刺せと……。

「……………さよなら」

しかし、輝夜はこれに応えてはくれなかった。

紅葉に背を向け、立ち去っていく。

「お待ちなさい！　待つの！　待ちなさい輝夜！　わたくしを……わたくしを殺しなさい！　わたくしに止めを！　止めをぉおおおっ!!」

そんな少女の背に向かって叫ぶ。

だが、輝夜が立ち止まってくれることはなかった。

そして一人、紅葉は公園に残される。屈辱の表情を浮かべ、地面にへたりこむという状態のまま……。

そんな紅葉が最初に覚えていたものは、やはり絶望だった。

拳士として殺されてしまったことへの絶望。

しかしそれは——

（屈辱……屈辱ですわ……。こんな……こんな屈辱を与えられるなんて……。許さない。絶対に……絶対に許しませんわ！）

やがて怒りに変わっていく。

必ずこの屈辱を返してやる。

何倍にも、何十倍にもして……。

復讐を誓いつつ、ギリッと紅葉は唇を噛んだ。血が滲むほどに……。

＊

だが、心の中で必ず輝夜に自分が受けた以上の屈辱を返してやると誓ったところで、その方法はある意味皆無だった。

両腕でさえ敗北した、利き腕を失った状態で輝夜と戦っても勝ち目などない……。

片腕で戦う術も研究はした。その辺の拳士相手ならば片腕でも負けることはないだろうと言うほどに……。

それでも、輝夜には勝てない――一度拳を交えたことがあるからこそ、紅葉にはそれが痛いほどにわかった。

いや、輝夜だけではない。相手が雑魚ではなくまともな拳士であれば、間違いなく敗北を喫することになるだろう。

（生き恥を晒し続けるくらいなら……いっそ……）

自分の命を絶とうなんて考えたことだってある。

が、それはギリギリのところで踏みとどまった。

（駄目ですわ。この程度で諦めてどう致しますの！　生きて……生きてさえいれば……負けではありませんわ。どんな手を使ってでも最後に勝つ……勝ちさえすれば‼　でも……どうやって……今の状態でどうやってあの女に……）

勝てというのか？

わからない。わからない。わからない……。

ひたすら迷う月日を過ごした。


そんな日々を生き、数カ月――紅葉は一人の少年と出会う。

「……み……御子神紅葉だな」

まだあどけなさの残る、一見すると少女のようにさえ見える少年だった。年齢は十代前半といったところか……。

少年は御子神屋敷へと侵入したところを発見されたらしく、紅葉に仕えるメイドによって地面に押さえつけられていた。

ただ、押さえつけられながらも、刃のように鋭い視線で紅葉を睨みつけてくる。ギラギラとした強い意志の力を感じさせる、印象的な瞳だった。

「その通りですけど、貴方は？」

「俺？　俺は……桐谷晶《きりやあきら》！　御子神紅葉……あんたによって拳士生命を絶たれた桐谷秋房《あきふさ》の息子だ!!」

「桐谷秋房？　ああ……桐谷流の……」

そういえば以前、そんな流派を名乗る拳士と立ち合ったことがある。その際、両腕を砕き、膝を破壊した。命までは奪わなかったが、拳士としては再起不能だろう。

「あの雑魚の息子が一体なんの用かしら？　ご挨拶？」

「う……うるさい！　黙れ！　これは……仇討ちだ！　父さんの仇を討つ！　俺が……あんたを……御子神紅葉を倒すっ!!」

「わたくしを倒す？　貴方が？　メイドにさえ取り押さえられているくせに？」

思わず笑ってしまう。

「笑うなっ！　笑うなぁああっ!!　俺は……倒す！　必ず……あんたをぉおおっ!!」

刹那、少年の全身から闘気が噴き出した。

「へぇ……」

噴き出した闘気の量に、紅葉は感心する。女の子のようにも見える少年とは思えない。尋常でないほどの力だった。

「はぁあああっ!!」

凄まじい気力と共に、自分を押さえつけていたメイドを振り払う。

それと同時に少年は大地を蹴り、一気に紅葉との距離を詰めてきた。

その動きは少年と思えないほど素早い。

拳を強く握り締め、まっすぐ紅葉へと向かってくる。

「……速い……。ですが……」

鍛え上げられた紅葉の動体視力は少年の動きを完全に捕捉し——

「はぁあああっ!!」

突っこんできた少年にカウンターで左拳を浴びせかけた。

「あぐううっ!!」

ただの一撃——しかし、一発で少年の意識を刈り取る。

そのまま少年は倒れ、意識を失った。

「お嬢様!　大丈夫でございますか?」

焦ったような表情を浮かべたメイドが駆け寄ってくる。

しかし、紅葉はこれに応じず、倒れた少年を見て——笑った。

「……このガキ……このガキですわ……」

歓喜の言葉を口にする。

「お嬢様?」

予想外の反応だったのか、メイドが戸惑うような表情を浮かべた。そんな彼女に命じる。

「このガキを屋敷の中に運び入れなさい」

「ど……どういうことでしょうか？」

「このガキをわたくしの道具にするということですわ」

短くそう答えた。

一瞬の戦いでしかない。しかし、理解する。少年の才能を。このガキならば……。

（輝夜……羽衣輝夜……。確かにわたくしは貴女に負けた。ですが、まだです。まだですわ。わたくしは勝つ！　必ず……貴女に勝ってみせる!!　このガキに御子神流を継がせ、その力で貴女を倒す。絶対に……。わたくしを生かしたこと……それを必ず後悔させてみせますわ！）

紅葉の顔に浮かぶもの、それは歓喜と狂気が入り交じった表情だった。

一回戦の夜　最凶師匠が教える女体征服初体験

「晶……貴方には才能がある。ですから、貴方に継がせます。我が御子神流を……」

「いやだ……誰が……誰が父さんの仇であるあんたなんかに！」

「貴方に拒否権はありませんわ。なぜなら……貴方はわたくしに敗れたのですから。敗者はただ、勝者に従うのみ。強き者こそが真理であり、正義……それがこの世の理《ことわり》ですわ。それに……御子神流を学べば、貴方は強くなれますわよ」

「強く？」

「そう、誰よりも強くね。地上最強にだってなれる。貴方とて拳士の息子。強さを追い求めているのでしょう？」

「……いつか、御子神流であんたを倒すことになるかも知れないぞ」

「望むところですわ。御子神流の継承者たちは、常に師を打ち倒してきた」

「必ず、後悔させてやる」

「ふふふ、その日を楽しみにしておりますわ」

＊

少年を弟子にする。自分の持つ技のすべてを伝え、あの女――輝夜に復讐をする。

そう決意した日、桐谷晶が紅葉に向けてきた目は、獣のそれだった。絶対に自分はお前の下になんかつかない。そう訴えかけてくるような……。

（弟子にしてもこのガキは決してわたくしに心を許さない。隙があれば必ずわたくしを倒そうとしてくる。間違いありませんわ）

目を見ればそれがわかる。

父親の仇――そう考えればある意味当然と言えば当然のことだろう。はっきり言って危険だ。寝首を掻かれかねない。

（ですが、だからこそ……このガキをわたくしの弟子にする甲斐というものがありますわ。これほどの獣性を持った者でなければ勝てない。あの女には……）

悔しいことだが羽衣輝夜の実力は本物だ。はっきり言って彼女との勝負は完敗だった。利き腕を破壊された以上、二度と自分の手で倒すことはできないだろう。

しかし、この少年ならばいつか必ず……。

少年に襲われる危険よりも、傷つけられたプライドを取り戻すことの方が遥かに大事である。

（それに……反逆を抑えることなど……御子神流ならば雑作もないことですわ）

実際、自分に対して晶が反抗できないようにすることなど容易かった。

戦紋――絶服《ぜっぷく》を突く。ただそれだけで用は足りた。

絶服とはその名の通り絶対服従を意味する気穴である。この戦紋を突かれた者は、技の使用者に対して危害を加えることができなくなる。その上、どんな命令でも必ず受けなければならなくなってしまうのだ。

たとえ――

「……お腹が空きましたわ。そうね……パスタが食べたいわ。パスタを作りなさい」

「……なに？　この不味いパスタ。こんなものゴミ以下ですわ。すぐに作り直しなさい!!　でも、パスタはもういらないわ。次はそうね……フォアグラを使った創作料理がいいですわ。え？　作れない？　何をふざけたことを言っていますの！　わたくしが作れと言っているのですから作りなさい!!　できないなんて言わせませんわよ！」

「はぁああ……なんだか疲れてしまいましたわ。こういう時は可愛い動物を見て癒やされたいですわね。そうね……ペンギン。わたくしはペンギンさんが見たいですわ。というわけですから連れてきなさい、ペンギン。無理だなんて言わせませんわよ」

「このＣＤ……とても素晴らしかったですわ。ただスピーカーで聴くだけでは満足できないくらい。というワケですから晶、貴方、連れてきなさい。え？　誰を？　そんなの決まってるでしょ！　このアーティストをですわ!!　そんなこともわかりませんの？　まったく……使えない弟子ですわね。ですが、まぁ察しが悪いことは許してあげます。その代わり、早くこのアーティストを連れてきなさい！　さぁ早くっ!!」

などという弟子と言うより召使いなんじゃ？　と思うような命令でさえも……。

「はぁ!?　なんで俺がそんなこと……」

などともし逆らえば――

「……ではオシオキですわ」

「オシオキ？　え？　なっ――あ、あばばばば!!」

全身に電流を流しこまれているかのような痛みを、相手の身体に刻みこむことが可能だった。

紅葉に危害を加えようとしても同様の結果が訪れる。

故に、晶は紅葉に逆らうことができないのだ。

とはいえ、紅葉は慈悲深い。

「どうして俺があんたなんかの命令を聞かなくちゃいけないんだ？　ってか、いくら夏の気分が味わいたいからって、真冬に蟬を連れてこいってのは無茶すぎるだろ！」

「逆らうことは許しませんわよ。貴方は私の弟子なんだから、それくらいしてのけなさい！　というわけで、早くなさい！　早くしないと……拗ねますわよ。プクウッ」

　まずは、戦紋ではなく、穏便に拗ねてみせる。暴力よりも言葉なのだ！　もちろん、ただ言葉で命じるだけではない。自分で拗ねると言いながら、頬を膨らませてみせる。ゴスロリみたいな衣装に、あざとすぎる仕草——二十歳近い年齢ということを考えると、実に痛々しい姿を晒しながら……。

（痛々しいとは失礼な地の文ですわね！　わたくしはそこらの凡百の女とは違い、こういう仕草も似合ってるから問題ありませんの!!）

　地の文にまで突っこみを入れるとは恐ろしい女である。が、実際彼女が言うとおり、実年齢よりも幼く見える顔立ちは人形のように整っており、そのおかげか、ゴスロリ調衣装も、痛々しい態度もよく似合ってはいた。本物のドールが動いているのではと思えるほどに……。天使と言っても過言ではないかも知れない。

「無理だ！」

　が、拒絶してくる。

「わたくしの優しさがわからないとは……」

　そういうときは仕方がない。

「……愚か者！」

「あばっ！　あばばばばぁあああっ!!」

オシオキをするまでだった。

ただ、そうして傍若無人に振る舞いつつも、御子神流の技だけは本気で伝授した。

「……師匠……あんたは最低だけど……師としての実力は本物だ……悔しいけど」

とまで、晶に言わしめるほどに……。

＊

そんな日々が続いて二年――

「ついに……うふふ、ついにこの時が来ましたわ。あの女に……復讐を遂げる日が」

屋敷に届いた一枚の封筒――その中身に目を通した紅葉は笑った。

「復讐？　物騒な言葉を使ってる割りには妙に嬉しそうだな師匠。それ、なんだ？」

「これ……？　これは招待状ですわ」

「招待状？　一体なんの？」

「……地下コロシアム。わかりやすい言い方をすれば、闇の闘技大会への招待状……ですわ」

「闇の闘技大会？」

「知らない？」

「聞いたこともないな」

「……まぁ貴方の実家みたいな雑魚で、カスみたいな拳士の家では知らないのも無理もありませんわね」

これだから弱小拳士は困る。

「くっ」

二年経っても女の子にしか見えない顔立ちをした晶がムッとした。

が、気にせず話を続ける。

「闇の闘技大会というのは、その名の通り——社会の闇で開かれる拳士、剣士たちによる、数年……あるいは数十年に一回しか開かれない大会ですわ」

「剣士も？」

「そう、武器の使用も認められている大会ですの。ルールはなし。勝敗は相手のダウン、もしくはギブアップによってのみ決められる。実に単純明快でしょう？」

「確かに……でも、それって下手すれば死ぬことだって……」

「もちろんあり得ますわ。それ故に、この大会は表では開かれない闇の大会なのですわ。出場者もある一定以上の実力を持った者のみ。それも、主催者に招待された者のみなのですの。ちなみに、ある一定以上の実力というのは……そうですわね、ボクシングのヘビー級世界チャンピオンレベルが最低ラインといったところかしら。それだけのレベルの大会……死ぬ可能性があったとしても、出場する意味、雑魚とはいえ拳士の家に生まれた貴方ならばわかるでしょう？」

「……いちいち突っかかる言い方だな……まぁわかるけど。とんでもない名誉だ」

「それだけじゃありませんわ。この大会、一勝するだけでもとてつもないものを得ることができますの」

「とてつもないもの？」

「……対戦者の命そのものですわ」

「対戦者の命？　どういうことだ？」

「そのままの意味ですわ。勝ちさえすれば、対戦者を自分の奴隷にすることができますの。闇の大会に出場するほどの実力者を自分の奴隷にね」

「確かに……それは凄いな。でも……奴隷って……。大会に出てくるような相手ってごついおっさんとかだろ？　そんな奴隷いらないぞ」

「ごついおっさんばかり……偏見ですわね。まぁ、一部そういう輩がいるのも事実ですし、実際美しくもないオヤジの奴隷なんかわたくしもいりませんけど……。すでに奴隷なら貴方がいますしね。何にせよそういう場合にもしっかりしたケアがありますわ」

「俺は奴隷じゃない……。なんて、言ったところで無視されるだけか……。で、ケアってのは？」

「簡単なことですわ。奴隷の代わりに大会主催者からただの一勝であったとしても、莫大な賞金を得ることができますの。敗者はその賞金分大会主催者のもとで臭いご飯を食べることになりますけどね」

「なるほど……しかし、一勝でそれか……。ということは優勝すれば名誉以外にももっと凄いモノが？」

「当然ですわ」

「それって一体？」

「願いを叶えてくれるそうですわよ。一つだけならばどんな願いでも」

「願いを叶えて……。なるほど……で、そんな大会に師匠が招待されたと……。でも、それと復讐とやらに、なんの関係が？」

「簡単なことですわ。この大会に出ますの。あの女が……」

「あの女？」

「羽衣流継承者――拳聖、羽衣輝夜がね」

そう、出てくるのだあの女が……。

闇の大会とはいえ、裏社会では誰もが知る地下コロシアムに……。

これほどの好機はない。

多数の人間の前で、あの女に屈辱を与えることができるのだ。

（晶は本物の天才だった。この二年でわたくしの技をほぼすべて会得できるほどに

……。あの女にだって負けはしないですわ……。勝つ。勝てる。復讐を果たせる）

紅葉は再び笑う。

「晶……貴方に命じますわ。このわたくしの代わりに出場なさい。そして……優勝するのです。必ず。絶対に！　御子神流の力で！」

邪悪ささえ感じさせるほどの表情で、弟子にそう命じた。

この時、紅葉の心は高揚感と、圧倒的な自信で満たされていた。

＊

だが、出場した地下コロシアムの一回戦にて――

「あ……あああ……うぁあああ！」

紅葉の目の前にて晶は、対戦相手に信じがたいほどに苦戦を強いられていた。

地下コロシアムは国会議事堂の地下に存在している。つまり、国自体が大会運営に関わっているのだ。それ故なのか、観客の数も多い。収容人数はおよそ一万人にも上るのだ。

そんな客たちが「殺せぇっ！」だの「ぶっ倒せぇ！」だの、穏やかならざる絶叫を発している。

そのような大多数の観客の前で戦う。

公式戦すら初めての晶は、明らかにこの状況に緊張し、普段の実力の十分の一も発揮できていないように見えた。

一回戦の相手は傭兵として各地の戦場で名を馳せたアレックスという名の男——確か通称は人喰い。

（その名の如く戦場では人間を喰らっていたという話を聞いたことがありますわ。実際戦術は噛みつきが主体……。二メートル近い巨体とは思えないほどに動きも俊敏。凡百の拳士、剣士であれば一瞬で食い殺されてもおかしくはない。ですが……）

「何をしていますの晶！　貴方は御子神流の継承者ですのよ！　その程度の相手に負けるような育て方はしておりませんわ!!　もし負けてご覧なさい！　貴方の身体を八つ裂きにした上、サイコロステーキみたいに喰ってやりますわよ!!　あ……でも、人を食べるなんてき……気持ち悪いですわね……。考えただけで吐き気が……うっぷ……えっと、仕方ないですわ、殺すだけで勘弁してあげます！」

観客たちとほぼ変わらぬような言葉を、セコンド席から絶叫した。

＊

「最低の試合でしたわね。まさか……まさか貴方の肝っ玉があそこまで小さいとは思いませんでしたわ。下手をすれば負けるところだった……わかっていますの？」

試合の夜、屋敷に戻った（闇の闘技大会は出場者が常に全力を出せるよう、数日にかけて行われる）晶に対して紅葉は殺気にも似たものを発しつつ厳しい言葉を向けた。

その理由は単純だ。

確かに晶は勝ちを収めた。それはいい。だが、内容が最悪だったからだ。

格下相手に苦戦をした。観客たちの前で戦うということに、頭が真っ白になったとでも言うべきか……。この脆弱さはなんとかしなければならない。でなければ二回戦で消えるハメにもなりかねなかった。

ではどうするか？　どうやって晶の精神を鍛えるべきか？　それを考え——

「そうね。童貞を捨てなさい晶」

という結果を紅葉は導き出した。

「は……はぁあああっ!?　ど……童貞って……なんで!?」

「なんで？　そんな理由簡単ですわ。古今東西、男を生まれ変わらせる方法なんて、女を教える以外に存在しない——ということ。女さえ知らないような男が、まともな精神を持つことなどできない。そんなこと、わたくしたち拳士の間では常識みたいなものですわ。ですからやりなさい。童貞を捨てるの。セックスしてきなさい」

「じ……常識みたいなものって……。せ……その……せせ、セックスしてきなさいって……そ、そんな簡単に言われても……」

「なんですの？　何か問題でも？」

そんなに自分はおかしなことを命じただろうか？

「いや……大ありだろ！　セックスしろって言われてできるなら、この世から童貞なんていなくなるぞ！」

「……つまり、相手がいないと？」

「そ、それはその……」

言葉に詰まる。

その態度が肯定を意味していた。

（まぁ修行修行の日々でしたからね、女を作る暇などなかった。というよりも、わたくしが与えなかった……）

ということを理解する。

「……ふむ……であるのならば、仕方がありませんわね」

ではどうすべきか？　一瞬思考した後、すぐに紅葉は一つの答えに辿り着いた。

「……わかりましたわ。でしたら、わたくしが相手をしてあげますわ」

という答えに……。

「へ？」

これに対し、晶は瞳を見開き、ポカンと口を開いて見せてくる。

「え？　今……なんて？」

その表情は、聞き間違いか？　と語っているように見えた。

「聞き間違いではありませんわ。わたくし……この、御子神紅葉が相手をしてさしあげる——そう言いましたのよ」

「は？　へ？　えええええっ!?」

屋敷中に響き渡る絶叫を晶は響かせた。

「うるさいですわね。何を驚いてますの？」

「なにをって……だって……え？　あんたが……し、師匠が俺の相手って……そそそ、それ、本気で言ってるのか!?」

「もちろんですわ。何か問題でも？」

「いや、問題でもって言うか……問題だらけって言うか……え？　言葉の意味がわかってるのか？　俺なんかと……それって……お……俺とセックスするって言ってるんだぞ！」

「構いませんわよ」

サラッと肯定する。

「わたくしはね、あの女を……羽衣輝夜を御子神流の手で倒すためならば……なんだって致しますの。この命を捧げたって構わない。そう思っていますのよ。だから、セックスくらいなんでもありませんわ。ですから、しますわよ……セックスを。晶……貴方に拒否権はありませんわ」

女帝という異名に相応しいほどに、実に堂々と紅葉はそう口にした。

＊

紅葉の寝室に移動する。

「さぁ、始めなさい」

ギシッと紅葉は天蓋付きベッドに腰を下ろすなり、弟子に対してそう告げた。

「始めなさいって……えっと……そ、そう言われても……」

これに対し、晶は混乱や迷いを見せる。

正直、何をすればいいのかさっぱりわからない——といった態度だった。

「迷う必要などありませんわ。貴方がしたいようにしなさい。女の身体を自由にする。そのことに対して怯えているようでは駄目ですわ。これは精神鍛錬でもありますのよ。それに第一……」

「第一？」

「わたくしだって何をすればいいかなんてわからないのですから！」

「わからないって……それってどういう意味だよ？」

「どうって、そんなの決まってますわ。わたくしも初めてだからです」

「は……初めて……」

つまりは処女。

男に抱かれるなど、これまで考えすらしたことがなかったのだから当然だ。

男などとの恋愛にかまけるよりも強さを求める――すでにこの手で倒した御子神流前伝承者に拾われて以来、そういう生き方をしてきたのだから……。

「その通りですわ。ですから、わたくしに何を？　なんて問うても無駄。貴方がしたいようにしなさい」

「……本当にいいのか？」

「構わないと言っているでしょう。わたくしに何度も同じことを言わせるつもり？」

「……わ、わかったよ。その……それじゃあ、その、す、好きにさせてもらうからな」

問答を続けても無駄だ。吹っ切る――そう訴えるような表情と言葉だった。

「その調子ですわよ」

女を抱く程度でびびってはならない。その程度で躊躇《ためら》うような心など必要ない。拳士にとって大事なものはケダモノのような獣性なのだ。

「それじゃあその……始めるからな」

「来なさい」

涼しい顔で頷いてみせる。

これに対し晶は何をすべきか？　と、悩むような表情を浮かべつつ、まずはこちらの顔をマジマジと見つめてきた。

（どう？　美しく……整った顔でしょう？）

自分の美しさは自分が一番よくわかっている。

きめ細かい白い肌。鼻梁はスッとまっすぐ通っている。瞳はまるで宝石のよう。そして唇は、とても瑞々しく艶やか……。

街を歩けば十人中十人がまず間違いなく振り返ってくる。それほどの美貌だ。

（見惚れていますわね）

数秒、あるいは数分か？

晶はただ硬直する。

視線はこちらの顔――いや、唇か……。

「わたくしの唇を見ていますの？　もしかして……キス……したいとか？」

「それは……」

「……したいのであれば、遠慮なくして構いませんわよ」

ベッドに座ったまま、自分の前に立ち尽くす晶を挑発するような上目遣いで見つめつつ、告げる。

「…………」

これに対し一瞬間を置いた後、紅葉に並ぶように晶もベッドに腰を下ろしてきたかと思うと――

「んっちゅ……」

まるで吸い寄せられるように、こちらの唇に唇を重ねてきた。

クニュッと柔らかく、生温かい感触が唇に伝わってくる。

「んっふ」

別に晶なんかとキスをしたところで何を思うわけでもない。

それでも、思わず吐息を漏らし、ヒクッと肢体を震わせてしまう自分がいた。

「あっ！　うわっ！　その……わ、悪いっ!!」

そんなこちらの反応に、晶は重ねていた唇を一旦離すと共に、条件反射のように謝罪の言葉を口にしてきた。

とんでもないことをしてしまった。またオシオキされてしまう――とでもいうかのような表情を浮かべて見せてくる。

「……何を謝っていますの？　わたくしは貴方のしたいように……と命じたはずですわよ。構いませんから続けなさい。キス……したいのでしょう？」

けれども紅葉はいつものように怒ったりなどしない。確かに女としてたかが弟子に唇を許すというのはある意味屈辱的ではある。しかし、紅葉の心はその程度の低い次元にはない。大事なものは強さだ。だから怒りなどない。それどころか、さらなる行為を促す。

晶を挑発するように、ペロッと舌を伸ばし、口唇を舐めながら……。

「あ……し……師匠！　師匠っ!!」

この姿に興奮を覚えたのだろうか？　堪らないものを感じたのだろうか？

我慢などできるわけない！　できるはずがない！　とでもいうように、

「んっふ……んんんっ」

再び晶は唇を重ねてきた。

それも一回だけではない。

「んっちゅ……ちゅっちゅっちゅっ……ふちゅっ……むちゅううっ……」

何度も口唇の心地よさを味わおうとするように、繰り返し啄むような口付けを……。

「んふふ、これがキス……わたくしも……んっちゅ……ふちゅうう……ふうっふうっ……初めてですが……なかなか気持ちがいい行為ですわね」

気持ちがいいという言葉に嘘はない。

実際心地よかった。

（ただ唇と唇を重ねるというだけの行為ですのに……なんだか身体から力が抜けていく気がしますわ……）

拳士としてそれはあってはならないことだということはわかっている。だというのに、身体が蕩けていくような感覚を抑えることができなかった。

「はふうっ……んっふ……んふううう……」

自然と熱い吐息が漏れてしまう。

「初めて……師匠も？」

「もちろんですわ。その辺の男に許すほど、わたくしの唇は安くありませんの……んっふ……むちゅう」

そう答えつつ、気がつけば弟子に自ら唇を押しつけるなどという行為まで……。

「し……しひょうっ！」

刹那、我慢できない。もう耐えられない！　とでもいうかのように、晶が口腔に舌を挿しこんできた。

「んっむ！　むふううっ!?」

予想外の行為——これにはさすがの紅葉も一瞬驚くような表情を浮かべてしまう。瞳を見開き、一瞬身体を硬直させた。

（舌？　口の中に……舌が!!）

キスとは唇と唇を重ねるだけの行為ではないのか？　頭の中が真っ白になり、思わず晶に対して抵抗するように身を捩ってしまう。

だが、弟子から逃れることはできなかった。

普段の彼からは想像もできないほど強い力でこちらを抱き締めてきたかと思うと、さらに舌を奥まで挿しこんでくる。こちらの舌に舌を絡めるという行為まで……。

「ふっじゅ……むじゅっ！　んっちゅ……くちゅるっ……むっちゅ……ちゅぶるっ……ぐっちゅ……んじゅじゅっ……むじゅるるるぅ」

舌の蠢きに合わせて、グチュグチュという卑猥さすら感じさせる音色が響いた。

柔肉と柔肉がねっとりと絡み合う。行為によって感じるものは、繋がり合った唇を中心に晶と身体が一つに混ざり合っていくような、そんな感覚だった。

（凄い……気持ちいい。キス？　これが……口付けですの!?）

口内を舌でかき混ぜられると、それだけでゾクゾクとしたものが背筋を走る。明らかに快楽を伴った感覚だった。

「んじゅうっ……むっふ……んふうう……はっふ……んじゅっぷ……むふうう」

心地よさが膨れあがっていく。わき上がる愉悦——そんなものに流されるように、気がつけば晶の動きに合わせるように、自分からも舌を動かすということまで……。

これに対して弟子は、ただ舌と舌を絡ませるだけではなかった。ぎこちない動きではあるけれど、歯の一本一本を舌先でなぞり、口腔粘膜にも触れてくる。同時に頬を窄ませると、じゅるるるっと下品な音色が響くことも厭わず、唾液を啜るように口内を吸引までしてきた。

この行為に応えるかのように、紅葉も舌をくねらせてしまう。頬を窄め「んっじゅ……むじゅるるるぅ」と晶の口腔を吸ってまでいた。

(気持ちいい……キス……凄い……こんなになんて……)

興奮が高まっていく。

全身が火照り、下腹部が疼いていくのを感じた。

(これ……か……。硬く……硬くなってますわ)

感じるものは自分の興奮だけではない。晶の肉棒が硬くなっていくのも理解できた。ズボンの中で肉茎が立ち上がり、カリ首が開いていくのがわかる。亀頭が不気味なほどに膨れ上がっていく。射精したい。気持ちよくなりたい。この女の身体を犯したい──肉体がそう訴えているようだった。

わき上がる想いを抑えることができない──とでもいうかのように、本能の赴くがままに、口付けを続けつつ、晶は紅葉の身体をベッドに押し倒してくる。

ギシッとベッドが軋む。その音色になんだか生々しさのようなものを感じる紅葉から、晶は一旦重ねていた唇を離してきた。

「んふううっ……はっふ……んふううっ」

熱さを感じさせる吐息を紅葉は漏らす。ツプッと口唇と口唇の間に唾液の糸が伸びた。淫靡さを感じさせる光景──そんなものに、さらに興奮が高まっていく。

「い……いいんだよな？　本当に」

その様に興奮を覚えていることは晶も同様らしい。そう尋ねてくる。

なにが〝いい〟のかは口にはしてこなかったが……。

「構わないと……はぁ……はぁ……言っていますでしょう。貴方がしたいように……んっふ……ふううう……な、なさい」

ただ、口にはされずとも紅葉は晶の意図を理解していた。

心なし瞳を潤ませ、頬を赤らめつつ、漏らす吐息を荒いものに変えながら頷く。

「わかった。それじゃあ……いくぞ」

半開きになった唇に、はぁはぁと漏れ響く吐息――こちらのそんな姿に女を感じているのだろうか？　晶に躊躇はなかった。

興奮の赴くがままに、紅葉の黒いゴスロリ衣装のスカートを捲り上げてくる。

白くムチッとした太股と、身に着けた衣装と同じく黒いシルク製のショーツが剝き出しにされた。鍛え上げられ、引き締まった括れまで……。

（下着を見られてますわ……。晶なんかに……。屈辱的ですわ。でも……これもあの女に復讐をするため……）

心の中で自分自身に言い聞かせつつ、抵抗することなく晶が伸ばしてくる腕を受け入れ、下着に触れさせる。

「ああ……凄い……これが……女の下着……」

（凄い……大きくなってます……わたくしを見て……興奮してますの？）

興奮まじりに呟く晶のズボンが内側から膨らんでいく。下着に触れただけでも射精してしまうのではないか？　などと思ってしまうほどに、ペニスは膨張していた。

そのように性器を勃起させつつ、しばらくこちらの下着を撫で回してきた後――やがてゆっくりとショーツを引き下ろしてきた。

「んっふ……」

自身の〝女〟の部分が剝き出しにされるという状況に、思わず紅葉は身体を硬くする。

薄い陰毛に隠された秘裂がさらけ出される。まだ口付けしただけでしかないというのに、秘唇は左右にクパッと開いていた。ピンク色のヒダヒダがさらけ出されている。露わになった柔肉の表面は――

「これ……もしかして……師匠……ぬ、濡れてる？」

晶が口にするとおり、明らかに湿り気を帯び、ヌラヌラと妖しく輝いていた。

「ん？　濡れていたら……何か……はぁ……はぁ……おかしいかしら？」

正直言うと恥ずかしい。が、決して羞恥を表に見せることなく、濡れていて何がおかしい？　とでもいうような言葉を紅葉は口にした。

「晶……貴方だって勃起しているでしょう？　わたくしとの……き、キスで興奮して……。そ、それと同じですわ……。わたくしだってキスをすれば興奮くらい致しますの……。貴方の勃起と同じ。興奮したから濡らしている……それだけ……はぁはぁ……ですわ……」

「興奮したから……」

「……わたくしだって年頃の女ですからね。興奮くらい致しますの。でも……正直驚きましたわ。キスなんて唇と唇を重ねるだけの行為と思っていましたのに、想像以上に興奮するのですね。自慰をする時よりも……なんだかあそこがジンジンしている気がしますわ」

「じ……自慰って……そ、そんなこと……師匠……してるんですか？」

「わたくしだって女……時には身体を持て余すことくらいありますわ」

恥じることなくあっさり認める。

性欲なんてものは運動で発散できるものではない。むしろ、身体を動かし、鍛えれば鍛えるほど、高まっていく。それ故に、しばしば紅葉は自分で自分を慰めていた。

「し……師匠！　師匠っ!!」

この告白のせいだろうか？　これまで以上に興奮した面持ちを晶は浮かべる。いや、それどころか、ブチッと弟子の理性が切れる音が聞こえた気がした。

「なっ!!　ちょっ！　い、いきなり何を!?」

唐突に晶は動く。

なんの容赦も躊躇もなく、紅葉の太股に両手を添えてきたかと思うと、思いきり足を左右に開いてきた。

クパッと無理矢理秘裂まで開かれる。

どこまでも力任せの行為だった。さすがの紅葉も焦りの声を上げざるを得ない。

しかし、弟子はこちらの言葉に耳を貸すことなく、本能のままといった様子で自分のズボンと下着を脱ぎ捨てた。

途端にビョンッと痛々しいほどに硬く屹立した肉棒が露わになり、紅葉の視界に飛びこんでくる。

（なっ……こ……これが……ペニス……ペニスですの!?）

ちょっとやそっとのことでは動じない紅葉も、露わになった肉槍を見た途端、一瞬目を剝いてしまった。

長さは三十センチほどだろうか？　太さもちょっとした子供の腕くらいはありそうな気がする。肉茎には幾本もの血管が浮かび、まるで傘のようにカリ首は大きく開いていた。

ズボンの上から見ていた段階で大きいことはわかっていた。形を想像することだってできていた。

しかし、実際目にすると肉棒の生々しさ、猛々しさは想像以上であり、一見して抱いた感想は――

(まるで凶器ですわ)

というものだった。

利き腕を破壊されてしまったものの、紅葉だって一流の拳士である。それなりに人体というものには精通していたし、当然ペニスという器官がどういったものであるのかも勉強していた。

ペニスの役割、勃起すればどの程度の大きさになるのか？　人体を破壊する以上、人体を知らなければならないということで、そこまで詳しく調べている。

だというのに、晶のペニスには驚きを覚えてしまう。明らかに弟子の肉棒は、紅葉が得ている知識以上に大きく、また、禍々《まがまが》しい形をしていた。

(は……挿入《はい》りますの？　こ……こんなに大きいものが本当に、わ……わたくしの性器に……)

女の身体は赤子を産むことができる。故にちょっとやそっとのことでは壊れない。女性器だって自身が想像している以上に大きく広がることだって理解している。

ただ、巨大に膨れ上がった肉槍によって、身体を二つに引き裂かれてしまうのではないか？　などと考えずにはいられなかった。

「挿《い》入れる！　師匠に挿入れる！　挿入れますっ!!」

　そんなこちらの考えに思いを巡らせる余裕など、今の晶にはない。

　まだキスをしただけでしかない。まともに愛撫だってしていない。だというのに、すでに弟子は挿入する気満々になっていた。というよりも、それしか考えられなくなっていると言うべきか……。

「お……お待ちなさい！　少し待って！」

　このまま肉棒を挿入される——セックスなどたいしたことではない。勝つためならばそれくらい問題ない。とは思っていたものの、さすがに恐ろしさを覚えてしまい、慌てて晶を止めようとした。

「無理です！　挿入れますっ!!」

　けれども彼はこちらの言葉など受け入れない。

　従順な普段の姿からは想像もできない。まるで人格が変わってしまったのではないか？　と思えるほどに、わき上がる想いの赴くままに、肉槍の先端部をグジュウウッと容赦も躊躇もすることなく、膣口へと押しつけてきた。

「んっく！　くひんっ!!」

　熱く、硬いものが敏感部に押しつけられる感触に、反射的に肢体が震え、硬直する。

「凄い……温かい！　これが……おま×この感触！　あああ……挿入れる！　師匠の膣中《なか》に……挿入れるっ!!」

「くっ！　こ、このおっ！」

　このまま本能のままに犯されるのはまずいと思った。だから抵抗する。なんとか晶を振り払おうとする。だが、普段であれば簡単に振り解けるはずの晶の押さえつけから逃れることがなぜかできなかった。いつもの彼からは想像もできないほどに的確に、紅葉の抵抗を削いでくる。

（信じられませんわ。このわたくしを抑えこむなんて……。で、ですが……だったら！）

「ま……待ちなさい！　お待ちなさい晶！　これは……これはわたくしからの命令ですわよ！　止まりなさいっ!!」

　命を下す。

（晶はわたくしによって絶対服従の戦紋を突かれている。だからこそ、わたくしの命に逆らうことなどできない）

　もし逆らえば全神経に痺れが走る。脳が電流を流されたのではないかと錯覚するほどの痺れが……。

「無理です！　止まれません!!　師匠、もらいます！　師匠の処女いただきます!!」

「ば……馬鹿なっ!?」

だが、命令さえも今の晶には通用しなかった。

(本能の高まりでわたくしの技を抑えこんでいる——とでも言いますの!?)

信じがたい事態に一体何が起きているのか？　と紅葉の思考は混乱する。今起きている事態をなんとか分析しようとする。

しかし、そんな間など与えはしないと言わんばかりに——

「あっぎ!　ふぎぃい!　あっあっあっ!　ふっぐ——くひぃいいい!」

(は……挿入る!　挿入って……く……る……。ペニス……ペニスが……わた……わたくしの膣中に……性器に……挿入って……く……るぅうう!)

腰が突き出され、挿入が始まった。

ズブズブと肉槍が膣中に沈みこんでくる。肉穴が押し広げられていくのがわかった。

下腹部に異物感が広がる。胎内が火傷してしまうのではないか？　などと思ってしまうほどの熱気と共に、膣道が内側から拡張されていく。まるで身体に巨大な杭を穿たれていくような感覚だった。

(穴が……わ……たくしの身体に……穴があけ……開けられてくみ……たいぃいい)

挿入に合わせてビクッビクッと肢体が震える。

「はっぐ……んぐうう!　あっあっ……ふぎぃいいい」

鈍い痛みのようなものまで感じた。

「こ……れ……裂ける！　わ……たくしの……あっぐ……んぎぃいっ！　か……身体が……さけ……ひぎっ！　あぎぃいいい！　さ……け……るぅうう！」

ただ痛いだけではない。ブチブチと胎内の何かが引き千切られていくような音まで聞こえた気がした。

実際それは気のせいではなく、結合部からは挿入の圧力で押し出されるようにして、破瓜の血が垂れ流れる。

「あぐうう……はぐっ……はぁっはぁっはぁっ……だ、め……こ、これ以上は……だ、駄目ですわ！　抜いて！　抜きなさい！　抜いてぇええっ！」

拳士である以上、痛みにはある程度耐性を持っているのだが、身体を引き裂かれるような感覚は初めてだった。だから抜いてくれと訴え、命じる。

「気持ちいいです。師匠の膣中――凄い！　あああ！　凄いですぅううっ!!」

しかし、晶は聞き入れてなどくれない。

愉悦に表情を歪めつつさらに腰を突き出し――

「あああ！　お……く……奥まで！　はっぐ……ふぐうう！　わた……くしの……奥……んっぐ……ふんんん！　奥まで……ペニス！　ぺ……にすがぁあああ」

ついには子宮口に肉先が触れるほど奥にまで、容赦なく肉槍を突きこんできた。

「ふんんん！　はっふ……んふっ！　くっふ……はぁっはぁっ……はぁあああ」

大きすぎる肉棒によって下腹の形が変わってしまうのではないか？　と思うほどに蜜壺が広げられる。覚えるものは息が詰まるほどの圧迫感だった。

「奥……奥まで挿入ってる。師匠の奥に！　凄い……射精《で》る！　これ……い……挿入れただけで射精そうなくらい……き、気持ちいいです。溶ける。俺のが溶けそうなくらい……いいです。はぁっはぁっはぁっ……し、師匠は？　師匠はいいですか？　挿入れられて……俺に犯されて……気持ちがいいですか？」

心地よさそうに表情を歪ませる晶は、紅葉が感じている苦しみになどまるで気付いてはいない。

「き……もち……いい？　はぁっはぁっはぁっ……ふ、ふざけたことを……い、いうんじゃありま……せんわ！　ふっぐ……んぐぅう！　気持ちよく……などありません。こんなの……た……ただ……苦しいだ……け……ですわ……はっぐ……ふぐぅう！」

身体中から汗が溢れ出す。ヒクッヒクッと胎内で肉棒が蠢くたびに表情が歪んだ。

「で……ですから……早く……ふぐうう……は……やく抜き……抜きなさい！　早く！　は……やくぅうう！」

男というものは女を知れば変わる――それは拳士の間では常識に近く語られていることである。だからこそ、手っ取り早く弟子を変えるために、自分の身体を晶に抱か

せた。強さの、勝利のためならばセックスなど何ほどのこともないと思ったから……。だというのに、実際してみると想像以上にきつく、思わず抜けと命じてしまう。

「苦しいから抜け？　今さらそんなこと言われても無理です。だって……師匠の膣中が気持ちよすぎる……。だから抜くなんて無理です！　師匠！　ああ！　師匠っ!!」

けれどもいくら命じたところで晶が聞き入れてくれることなどなかった。それどころかむしろ、ただ突きこむだけでは飽き足らず──

「あっぐ！　んぐうう！　うご──うっご、いてる！　ぺに……ペニスが動いてる！　わたくしの……ふんん！　はぁっはぁっはぁっ……な、膣中……膣中で……動いて……う……ごいて……るぅううう！」

ぐっじゅ、どじゅるっ！　ぐじゅるるるぅううっと、腰を蠢かし始めてきた。

突きこまれた腰が引き抜かれていく。膨れ上がったカリ首によって、膣壁が引っかけられるのを感じた。襞の一枚一枚が肉棒に巻きこまれていく。内臓を外側に引き摺り出されるような感覚だった。

ヒダヒダが外側に捲れていく。身体が裏返しにされてしまうのではないか？　本気でそう思ってしまうような状況だった。

のたうつように肢体が震える。

「だ……め！　これ……んっぐ……くふうう！　こ……れ以上……抜いては駄目！

だ……めです……わぁっ!!」

胎内のすべてが掻き出されてしまうのではないか？　などとさえ思える状況に、ついには先ほどまでとは真逆の言葉を口に出してしまう。

が、何を訴えても晶は腰を止めようとはしない。それどころか、ついにはカリ首が膣口に引っかかるほどにまで、肉棒を引き抜いてきた。

「はぁっはぁっ……んっぐ……ふぐううっ」

自然と腰が上がってしまう。ガクガクと膝が震えた。

「行きます！　師匠……行きますよ」

そんな紅葉の耳元で、晶が囁くように伝えてくる。

「い……く？　何？　貴方……何をす……る……つもり……で？」

「何って……もちろん、こうするんです――よっ!!」

その言葉と共に引き抜いていた腰を、今度は逆に膣奥に打ちこんできた。

「はっぎ！　ふひいいいいっ！」

ドジュウウウッと再び膣奥に肉槍が突き立てられる。下腹部から脳天まで刺し貫かれてしまうのではないか？　と思うほどの勢いに、思わず紅葉は瞳を見開き、ブリッジをするように、腰を突き出しながら背中を弓形に反らした。

一瞬目の前が真っ白に染まる。

それと共に条件反射のようにキュウウッと肉壺を収縮させ、ペニスを締め上げてしまう自分がいた。

「あっあっ……はっふ……あぁあああ……。こ……われる……わたくしの……身体が……こ……われて……し……しまいま……すわぁああ……」

ビクッビクッビクッと何度も身体を震わせる。

思わず口にしてしまった壊れてしまうという言葉──それは心の底からのものだった。

「凄い締めつけです！　最高です！　最高ですよ師匠っ!!　でも、まだです！　もっと……もっともっともっとぉおおお！」

だが、こちらが何を訴えようが、興奮した晶は止まらない。

止まるどころかより漏らす吐息を荒いものに変えつつ──

「ふっひ！　んひぃい！　あっあっあっ！　くっひぃいいいい!!　う……ごき！　動き出しました！　ズボッて！　あっぐ……ふぐううう！　ず……ぼ……ずぼって！　膣中で！　わ……たくしの膣中で！　ペニス！　ペニスが動き！　う、ごきだしました……わぁあああ！　あっぐ！　ふひぃい！　ひんっひんっ！　ひんんんっ!!」

容赦のないピストンを開始してきた。

ドッジュドッジュドッジュドッジュとリズミカルに、滅茶苦茶に肉壺を蹂躙するように、腰を蠢かしてくる。ベッドがギッギッギッギッと激しく軋むほどの勢いで何度も何度も、肉槍を打ちこんでくる。

胎内を肉槍によってかき混ぜられているかのような感覚だった。膨れ上がったカリ首が膣壁を削る。膨張した亀頭が膣奥を突いてくる。血管を浮かび上がらせる逞しい肉茎が、膣道を拡張してくる。

（はげ……し、すぎる！　わたく……しの膣中……膣中が……グチャグチャにされていくみたい……。壊される！　わたくしの身体がこ……わされてしまうぅぅう！）

「はっぐ！　んぐうう！　ぐっぐっぐっ！　ふぐぅうう」

膣奥を突かれるたびに、電流のような刺激が全身を刺し貫くように駆け抜けていく。頭の中まで犯されているんじゃないか？　と思えるほどに、腰が動くたびに思考まで歪んでいくような気がした。

だというのになぜだろう？　どうしてだろうか？

（な……に？　これ……なんですの？　なん……だか……身体……わたくしの身体が……何？　熱くなる……力がぬ、けて……あっあっ……抜けて……いくぅう）

ピストンに合わせて痛み以外の感覚が広がってくるのを感じた。

命令しても聞き入れてはもらえない。ほぼ無理矢理犯されていると言っても過言ではない状況である。

だというのにどうしてだろうか？

腰が動けば動くほど、膣奥を突かれれば突かれるほど、なぜか身体が火照っていく。全身から力が抜けていく。

いや、それだけじゃない。

「んっふ！　あふあっ！　あっあっあんんん！」

漏らす吐息の中にも、明らかに熱気を伴った、甘い響きが混ざり始めていった。

グッチュグッチュグッチュ――結合部からも湿り気を帯びた音色が響き始める。明らかに挿入時よりも多量に、肉穴からは愛液が溢れ出し始めていた。

分泌する愛液量に比例するように、自然と肉壺を引き締めてしまう。それはまるで射精を求めているかのようですらあった。

「絡んできます。師匠のおま×こが……俺のに絡んでくる。射精《だ》してくれって言ってるみたいに！　これ……感じてるんですか？　師匠も……師匠ももしかして……気持ちよく……な、なってるんですか？」

「な……何を馬鹿げた……こ……ことを！　これは……あ、貴方を強く……ふっぐ……あんん！　つ……よくするため……だ……だけの行為……あっあっあっ！　で……ですわ！　それだ……けの……行為なのに……感じる？　あ……あり得ませんわ！　こんなの……んんん！　ただ……痛い……あっふ……くふうう！　痛いだけ……で……ですわぁああ」

晶なんかに犯されて感じているなどということを認められるはずがない。肉槍を突きこまれるたびに身悶えつつも、首を左右に振って否定した。

「痛いだけ？　そんな嘘をついても無駄ですよ！　ほら！　これでもですか⁉　ほらっ！　ほらっ！　ほらぁあああっ‼」

しかし、この否定を晶は受け入れない。より激しく、より深く肉槍を膣奥に突きこんでくる。それどころか――

「な、なにをっ⁉」

紅葉が身に着けたゴスロリ衣装をより大きく捲り上げてきた。

秘部や腰だけでなく、シルクのブラで隠した胸元まで露わにされてしまう。

「そんなに大きくない。でも……綺麗な形のおっぱいですよ」

「お……おっぱ――何を言って⁉」

露骨な言い回しに茹で蛸みたいに顔が真っ赤に染まってしまう。

晶はそんなこちらの表情を腰を振りながら見つめつつ、衣装だけでなくブラジャーまで上側にずらしてきた。

プルンッと下着に隠されていた胸が露わになる。

確かに弟子が口にしたとおり、あまり大きくない胸だ。とはいえ、小さいわけでもない。掌にちょうど収まるサイズとでも言うべきか？　それに、大きさなど気にならないくらいに、形は我ながら美しいと思っている。少し上向いたプルンッと瑞々しい乳房だった。

「綺麗なおっぱいです。師匠のおっぱい……凄く綺麗だ」

「み……見ないで！　見るんじゃありませんわ！」

マジマジと見つめられる。その視線は普段の彼とはまるで違った。牝を見つめる牡の視線とでも言うべきだろうか？　強さのためならば肌を剝き出しにする程度どうということはないと常々思ってきた紅葉ではあるけれど、露骨すぎる視線に羞恥を感じて、思わず見るなと訴えてしまう。

しかし、今の晶には何を訴えたところで通じない。

視線を外すどころか弟子は荒い息を吐きつつ口を開くと、ドジュッドジュッドジュッとピストンを継続しつつ、突きこみに合わせてプルンップルンップルンッと揺れる乳房に舌を這わせてきた。

「はっふ！　んふううう！」

乳輪をなぞるように舌をくねらせてくる。勃起した乳首を口唇で咥え、チュウチュウと吸引してくる。

途端に、これまで以上の性感を覚えてしまう自分がいた。

「あっあっ……あんんんっ！」

誰が聞いても明らかなほどに、愉悦が混じった嬌声を響かせてしまう。

（な……に？　これ？　ど、どういうことですの？　あああ……か……感じる？　わたくし……胸を……乳房を弄られて……んっく……はんんん！　かん……じて……しまって……い、ますの!?）

自分でも感じているとしか思えない事態だった。

しかし、信じがたい。信じたくなどない。

弟子でしかない、輝夜に復讐をするという目的を果たすための道具でしかない晶なんかに好きなように犯されて感じるなど、あってはならないことだった。

（駄目！　あああ……駄目ですわ！　こんな……こんなことで……か……感じるなんて……あっては駄目！　駄目ぇえ！　耐える！　耐えるのです!!　耐えなければ駄目ですわぁあああ！）

「んっふ……くふうう！　んっんんっ……はふううう
っ!!」

必死に自分自身に感じては駄目だと言い聞かせつつ、嬌声を抑えようとする。必死に唇を噛み締める。

「我慢しないで師匠！　師匠っ!!」

けれども、そんな紅葉を嘲笑うかのように、晶はさらに腰の動きを大きく、激しいものに変えながら、チュウチュウと頬を窄めるほど激しく乳首を吸い立ててきた。

「あああ！　だ……め！　これ……ふっぐ……んふううう！　駄目……で……すのに……あっあっあっ！　抑え……抑えられない！　わたくし……くっひ……ふひいいい！　我慢……我慢でき……ま……せんわぁぁああ！」

どうしようもないほどに、耐えようとする紅葉を嘲笑うように、快楽が増幅する。

「感じる……んっひ！　くひいい！　感じてしまう!!　あああ……どうして？　なぜぇえ！　耐えられない！　ふひんん！　これ……い……絶頂《い》く……わたくし……んっふ……はふうう！　晶……あ……きらなんかに……絶頂かされて……絶頂かされてしまいま……すわぁっ」

抑えがたい。耐えがたい——自慰をしていた時以上の絶頂感まで膨れ上がってくる。最早快楽を否定することも、抑えこむことも不可能だった。

「絶頂って！　絶頂って下さい師匠！　俺も！　俺も絶頂きます！　射精します！　射精しますから！　だから——師匠！　師匠も一緒にっ!!」

悶え狂う紅葉をさらに責め立てるように、より腰をグラインドさせてくる。

「くひいい！　こ……れ……大きく！　お……おきくなってる！　ペニス！　ぺ……にすが——膣中！　わたくしの……な……かで……大きくぅうう!!」

射精すという言葉を証明するかのように、ただでさえ大きかった肉槍が、さらに膨れ上がってくるのを感じた。

一突きごとに肉先が膨張する。今にも破裂してしまうのではないか？　と思ってしまうほどに、ペニス全体が膨れ上がる。

「駄目！　あああぁ！　激しい！　ズンズン……奥までくる！　これ、もうっ！　わたくし……もうっ!!　もうもう——もぉおおおっ！」

チカッチカッチカッと視界がいくたびも明滅した。それに合わせるように、ビクビクッと肉茎全体が震える。

「くうう！　射精る！　射精ます！　師匠！　俺……絶頂きますぅううっ!!」

限界を伝えてくると共に、晶は止めとばかりにこれまでよりも深い位置まで肉槍を突きこんできた。

「ふひいいいっ!!」

子宮が押し潰されてしまうのではないか？　と思うほどの圧迫感が全身を包みこむ。

「おぁあああっ！」

次の刹那、膣中にて肉先が開く。ドクッドクッドクッと肉棒全体が激しく痙攣し——多量の白濁液を膣中に撃ち放ってきた。

「くひいいい！　きった！　来た！　来たぁあああっ!!」

肉棒の震えが膣壁越しに伝わってくる。それと共に、下腹部に膣壁が火傷してしまうのではないか？　と思うほどの熱気が広がってくるのを感じた。

「で……てる！　わたくしの……んん！　な……か！　おま×こ！　おま×こに射精てますわ！　せーえき！　ザーメンがで……て……射精されてますぅうう♥」

肉壺が熱液で満たされていく。

「凄い！　熱い！　膣中が……わ……たくしの膣中……おま×こ……火傷！　ザーメン熱くて……火傷しそうですわ！　なのに……ふっひ！　んひいいい！　な……のに……これ……い……いい♥　気持ち……気持ちいいっ♥　気持ち……よ……すぎて……わたくし……わ……たくしぃいいい！」

どうしようもないほどに性感が膨れ上がり――

「絶頂っく♥　絶頂きますわ！　気持ちいい！　膣中に……おま×こにしゃせー！しゃせーされるのよくて！　よ……すぎて！　絶頂くッ♥　絶頂く絶頂く――絶頂ってしま……い……ます……わぁあああ♥　んひっ！　くっひ！　ほひぃいい♥♥♥」

肉悦が弾ける。思考が、脳髄が快楽に蕩けていく。

全身がドロドロになってしまうのではないか？　結合部を中心に肉体が溶け、晶と一つに混ざり合ってしまうのではないか？　なんてことさえ考えてしまうほどの肉悦に身悶える。全身を震わせる。

さらなる射精を求めるように、ただでさえきつい肉壺をより収縮させ、突きこまれたペニスを締め上げながら――

「あっひ……ふひ！　んひぃいいいいい♥♥♥」

ひたすら愉悦の悲鳴を響かせた。

だらしないまでに表情が蕩けていく。今にも涙を流しそうなほどに瞳は潤み、口は情けないまでに開いていった。口端から垂れ流れてしまう唾液を止めることもできない。

さらけ出されるものは、無様なまでの絶頂顔《イキがお》だった。

「んふうう……はぁっはぁっはぁっ……はふぅううう……」

やがて、全身から力が抜けていく。

（あはぁああ……き……もち……いぃいい……♥）

繋がったままでも構わない。このまま瞳を閉じ、眠ってしまいたい――などということさえ、結合部からゴポリゴポリッと流しこまれた白濁液を零しつつ思ってしまうほどの愉悦に、身体中が包みこまれていた。

だが――

「まだ……まだですよ師匠！　もっと……もっとですっ!!」

晶はそれを許してはくれなかった。

「――へ？　なに……あっふ……これ……んん！　嘘……嘘ですわ……。お……大きくなってる。膣中で……わた……んふうう！　はっふ、くふううう！　はぁっはぁっはぁっ……わ……たくしの……膣中で……ペニス……ペニスが大きくなって……るぅうう！」

射精を終えたばかりだというのに肉棒は萎えない。いや、それどころか射精前よりも大きく、硬く屹立を始める。

「一回だけじゃ我慢できない！　師匠の身体……もっと味わいたい！」

「もっとって……む……無理！　無理ですわ！　これ以上……くっふ……な……なんて……無理！　やめなさい！　抜きなさいっ!!　命令……で……すわぁああっ！」

「すみません。その命令――聞けませんっ!!」

命令の拒絶。それと共に――

「あっく！　はひぃい！　ま……た……あああ！　また！　またぁあああっ!!」

絶頂感に弛緩する紅葉を責め立てるような容赦のないピストンが始まった。

「あああ！　凄い！　深い！　当たる！　奥！　わ……たくしの……んっひ！　くひぃいいい!!　わたくしの奥に！　子宮に当たる♥　ペニスがあたって……ますわぁ♥」

膣奥を何度も肉槍が叩いてくる。

「ふひぃい！　こんな……こんな格好！　こんな……犬……あああ♥　犬みたいな

「……か……かっこうでぇええ♥」

正常位だけではない。紅葉を四つん這いにさせたかと思うと、背後から肉槍を膣奥に叩きつけてきた。

「絶頂っく♥　また……またわたくし……絶頂く♥　あ……きら！　晶なんかに……絶頂かされるぅ♥♥♥」

膣奥を叩かれるたびに膨れ上がる快感が弾ける。絶頂に至ってしまう。射精を求めるように肉棒を締め上げてしまう自分がいた。

ただ、そうして絶頂に至っても、晶は容赦などしてくれない。

「ふひぃいい！　絶頂って……る！　わたくし……絶頂って……絶頂ってま……すのにぃいい！　まだ……まだ動いてる！　駄目！　こんな……こんなのおかしくなる！　わたくしが……変に……変になって……し……しまいますわぁああ」

達していても容赦なく腰を振るってくる。膣奥に肉槍を叩きつけてくる。

「駄目！　これ……絶頂くっ！　また……また絶頂くッ♥　気持ちいいのが！　あっふふうう！　き……もちいいのが……とま……止まらない！　とまらなひのぉお♥絶頂くっ！　絶頂きながら絶頂くっ♥　絶頂くッ絶頂くッ――いっぎゅうう♥♥」

性感に重なる性感が、容赦することなく紅葉を襲う。抑えることのできない絶頂感に、犯されつつ悶え狂った。

「射精します！　射精しますよ師匠っ!!」

そんな紅葉をさらに責めるように——

「ふひぃぃい！　きった！　射精てる！　あああ！　また……また膣中!!　わたくしの膣中に……ザーメン！　んっひ！　くひぃぃぃいい♥　ザーメンドビュドビュででりゅぅうううう♥♥♥」

射精まで始まる。

強すぎる愉悦でショック死させせようとでもしているかのように、晶は何重もの快感を紅葉の肢体に刻みこんできた。

「と……まらなひっ！　いっぐ！　いぎつづけりゅ！　わだくひ……おおおお！　いってでっる！　いっでいっで……いぎつづげでりゅうう♥　あっあっあっ——ふひぁあああああああ♥」

頭の中がグチャグチャになっていく。

何も考えられない。

性感に身体も、心も蕩けていく。

「ほっひ！　んひ……くひぃいいいい♥」

最初に絶頂させられた時以上に、表情が歪む。

瞳は半分白目を剝き、開いた口からはだらしなく舌まで伸びてしまっていた。絶頂顔と言うよりもアヘ顔と言うべきか？

「ほひょ……んひょぉおおお♥♥♥」

漏らす嬌声さえも愉悦に蕩けきってしまっている。

拳士としての矜持など最早どこにも存在していない――と言っても過言ではないほどに、無様な姿だった……。

＊

「……っ♥　っ♥　っ♥」

何度射精されただろう？　何度絶頂かされただろう？　わからない。わからない。わからない。

強すぎる快楽のせいで、頭の中はぐしゃぐしゃになっていた。

ビクッビクッビクッと何度も肢体を震わせる。

轢かれたカエルのように両足を蟹股状態で左右に開きながら、ぱっくり開いた膣口から多量の愛液と精液をまるで失禁でもしているかのように漏らしつつ……。

開きっぱなしの肉穴から溢れ出す白濁液の量は尋常ではない。輪姦でもされたのではないか？　という感想をもし見る者がいたら抱かせるだろうほどに……。

「これを……俺が……」

実際、こちらを見つめる晶は呆然としていた。

「殺される……。マジで殺されるぞ……」

血の気が引いた様子で呟く。

逃げるべきか？　いや、迷うまでもない。逃げるべきだ！　いや、しかし、逃げたところで多分すぐに見つけられる。紅葉ならそれくらいのことをやってのけるはずだ。御子神家にはそれだけの財力だってある。

だったら逃げずに謝るべきだ。その方がまだ――いやいや、謝ったところで殺される。どっちにしろ命はないだろう。ならば、せめてまだ可能性のある逃走の道を選んだ方が……。

などということを思考していることが、表情を見るだけで手に取るようにわかる。

「くおおお！」

晶は文字通り頭を抱えていた。

そんな少年に視線を向けつつ――

「く……くく……くくく」

紅葉は笑う。

全身から力が抜けた状態のまま、心の底からの笑い声を漏らした。

「あ……ああ……ふわぁあああ……」

予想外の態度に恐怖を覚えたのだろうか？　晶はゆっくりとベッドから離れようと

する。どうやら逃げるという決断を下したらしい。

「……逃げる……はぁ……はぁ……必要はありませんわ」

そんな晶を紅葉は引き留めた。

「――へ？」

「大丈夫……で……ですわよ晶。わたくしは怒ってなどおりませんから。むしろ……よ……はぁああ……喜んでおりますの」

「喜んでいる？　師匠？　な……何を言って？」

言葉の意味がわからないといった様子で首を傾げてみせてくる。

この疑問に答えるように、紅葉は汗塗れになった上半身をゆっくりと起こした。

「か……簡単なこと……はぁはぁ……ですわ。貴方の力は想定以上だった。わたくしが思った以上だった。女を知れば男は変わる――わたくしたちの世界ではじ、常識的に言われていたことではありましたが、まさにそれがほ……はぁはぁ……本当だったと……わたくしは確信致しましたわ」

荒い息を吐きながら、紅葉は歓喜の表情を浮かべる。

「まさに野獣としか言えない姿。わたくしを犯したその力を戦闘でも発揮できれば、貴方は何者にも負けない。たとえ相手があの女――拳聖輝夜であったとしても。故に……だからこそ……」

ギンッと強い視線で睨んでくる。

「晶……貴方には覚醒していただく必要がありますわ」

「覚醒？」

「……どんな相手に対しても冷酷に、残忍に……己の本能をぶつけられるような存在への覚醒ですわ。そのために……」

チリンチリンッと紅葉は枕元に置かれた鈴を鳴らす。

するとこれに応えるように「なんでしょうかお嬢様？」と、数人のメイドたちが室内に入ってくる。

そんな彼女たちを見つめつつ、紅葉は酷薄としか言えないような表情を浮かべてみせると――

「彼女たちを犯しなさい晶。一片の容赦もなく。子宮を貴方のザーメンで満たすほどに……」

容赦なくそう口にした。

「えっ⁉」

メイドたちが表情を凍りつかせる。

「な……何を言って……」

これには最初晶も冗談かと思ったらしい。なぜなら、肉親がいない紅葉にとって、メイドたちはある意味家族のような存在であったから……。

実際、自分に忠実であり、敬愛の念を抱いてくれているメイドたちのことを紅葉は大切に思っていた。それこそ、本当の家族のように……。

しかし、

「わたくしは犯せと言っていますの。勝つために……あの女を倒すために……心を捨てなさい。わたくしのための道具となりなさい。貴方に……感情は必要ありませんわ」

どこまでも紅葉は本気だった。

(本当にわたくしの想像以上だった。男の……牡の獣性がこれほどのものだったなんて……。だからこそ、この力をいつでも発揮できるようにしてみせる。どんな相手であっても本能のままに戦えるような存在に……。いや……それだけではありませんわ。むしろ……この獣性を使えば、あの女に最大の屈辱を刻むことだって……)

そのためであれば……。

なんだってする。

大切な存在を傷つけたって構わない。

なぜならば、それこそがあの女——拳聖輝夜への復讐に繋がるのだから……。

変える。晶を変えるのだ。その精神の根本からを作り替える。

「わたくしの復讐のため……そのための礎となれるのであれば、貴女たちも幸せでしょう？　うふ……うふふふふ」

主が言っていることは夢なのではないか？　嘘であって欲しい——そう語るように怯えた表情を浮かべるメイドたちに対し、紅葉はどこまでも嬉しそうな笑みを浮かべつつ、無情な言葉を向けた。

四回戦　喧嘩屋・玲奈、想いを砕く恥辱の絶頂

「……喧嘩を売りに来た。てめぇら、ここらじゃ結構羽振りがいいんだってな？　だから……買ってくれよ。オレの喧嘩を高値でさぁ。結構稼いでるんだろ？」

肩の辺りで切り揃えた紅い髪に、褐色の肌。並みの男の掌では包みこみきれないほどに大きく膨れ上がった上向きのロケット形おっぱいをタンクトップで隠しつつ、割れた腹筋を剥き出しに、下半身にはホットパンツを身に着けた女が、猫のように吊り上がった金色の瞳をギラギラと輝かせる。

場所は光もあまり届かぬ街の裏路地──

「喧嘩を売りに来ただと？　生意気な女だな」

「誰に向かって舐めた口利いてるのかわかってるのか？　ぶっ殺してやるぞ」

「いやいや、殺すだけじゃすまされねぇ。そうだな……許して下さいってお前が泣い

て許しを請うまで……犯してやる。その身体……ぐっちょぐちょにしてやるよ」

女が視線を向けるのは、三人の男たちだった。

女の身長は大体百七十五センチほどはあるだろうか？　女にしてはかなり大きい。が、女を囲む男たちの身長はそれよりも高かった。全員百九十センチ近くはあるように見える。

三人とも、スーツにサングラスという姿。スーツの色は赤、白、紫――明らかに堅気ではない。スーツの上からでも明らかにわかるほど、身体は肉付きがよく、厚い。筋肉質の身体と言うべきか……。

いや、身体だけじゃない。

拳まで硬く、厚そうに見えた。人を殴り慣れた拳とでも言うべきだろうか？　握り締められた手――そのものが、凶器のようにさえ見える。

そんな男たちによる凄味。彼らの全身から、殺気が溢れ出していた。

しかし、女は動じない。それどころか動じることなく男たちを見て笑う。心の底から嬉しそうに……。

「オレを犯すか……。くく……いいぜ、そうじゃなくちゃ面白くねぇ。やりたいならやればいいさ。だがな……それなりの覚悟を持ってこいよ。オレを舐めれば……マジで死ぬことになるぜ」

挑発するように男たちをせせら笑う。

「舐めんなよ女ぁあああああっ!!」

「おおおおおっ!」

「はぁああああっ!!」

刹那、憤怒と共に男たちが大地を蹴る。拳を握り締め、女に向かって突っこんできた。

その動きは巨体からは想像もできないほどに素早い。時速二百七十キロほどはあるだろうか？　百メートルに換算すれば一・三三秒——ゴキブリ並みの初速と言っても過言ではない。

しかも、三人同時。ほとんどタイミングも一緒。男たちの呼吸は合いすぎるほどに合っていた。普通に考えれば回避することなど不可能。

正面、右後ろ、左後ろ——男たちによって女の周囲に三角形が描かれる。死の大三角形。まさにデルタアタックとでも言うべきか！

「……ハッ！　遅せぇよっ!!」

だが、紅髪の女はこれを見切る。

男たちに生じたわずか〇・〇一秒にも満たないズレ——これを女は捉えていた。

「オラァッ!!」

一瞬早く接近してきた男の鳩尾《みぞおち》に拳を決める。

「ゴバアアッ！」

タックルの初速を利用したカウンターとでも言うべきか!? ただの一撃で女は男の意識を刈り取る。いや、それどころか、男の身体を数メートル——違う！ 数十メートルは吹き飛ばした。

「なっ!?」

「馬鹿なっ!!」

これに残りの二人が一瞬動揺を見せる。動きが鈍った。ただ、鈍ったとはいえ、それはコンマ数秒という刹那の一瞬でしかない。

「もらったぜっ！」

けれど、女にとってはそれだけの時間があれば十分だった。

「うぉらぁあああっ!!」

拳を握り締めつつ、身体を半回転させると、至近まで接近していた男のこめかみに裏拳を決めた。

「ごぁあああっ！」

まるで獣のような絶叫を上げ、男は吹っ飛び、裏路地を囲むビル壁へと激突する。

その威力は、分厚い壁に穴が開くほど強烈なモノだった。

「死ねやぁああっ！」

ただ、攻撃とは最大の防御であると同時に、最大の隙でもある。裏拳によってわずかな時間とはいえ硬直した身体の間隙――それを突くように、最後の一人が容赦のないタックルを下腹部にぶちかましてきた。この一撃で女を地面に押し倒し、マウントを取ろうとでもするかのように……。

「ば……馬鹿なっ⁉」

しかし、驚愕の表情を浮かべたのは、タックルをしてきた男の方だった。

信じられない。自分は夢でも見ているのではないだろうか？　とでも訴えるような表情を浮かべる。その理由は簡単だ。

完全にタックルが入ったはずなのに、女がその場から動くことがなかったから……。

男が体当たりをしたのは、鉄柱なのではないか？　と思えるほどに、女は動じなかった。

「わりぃな。てめー程度の力でオレをどうにかすることなんて不可能なんだよ」

タックルを受けた体勢のまま、女は笑う。実に楽しげに……。

「そんな……嘘だ……」

「オレの勝ちだな……オラァァアアアッ‼」

女は男の腰を掴むと持ち上げ――そのまま頭から地面に叩きつけた。

「ハッ！　口の割に大したことなかったな。ってなわけで……いただくもんはいただくぜ。オレの喧嘩を買った代金をな」

そう語り、女は笑う。笑いながら――

「さっ……てと♪」

男たちのスーツを探ると財布を取り出し、その中から容赦なく金を抜き取った。

「て……てめぇえ……い……一体な……に……もんだ？」

されるがままになりつつも、意識を取り戻した男が尋ねてくる。

「あ？　オレか？」

抜き取った金を数えながら――

「オレは玲奈《れな》――葛木《くずき》玲奈だ」

牝豹を思わせるような精悍な顔立ちで、女はそう答えた。

「玲奈？　葛木……玲奈……だと!?　おま……えが……あの……喧嘩屋……鋼の拳……葛木……玲奈……」

男の表情が驚きに凍りつく。

喧嘩屋、葛木玲奈。別名鋼の拳――ストリートにおいて数多《あまた》の拳士を屠り、まだ十代半ばという若さでありながら、喧嘩無敗と謳われる伝説の女。

それがこの紅髪の女――葛木玲奈だった。

玲奈は今年で十七歳。まだ、少女と言っても過言ではない年齢である。とはいえ、拳士としての玲奈はすでに十年ものキャリアを積んでいた。

幼い頃から拳を握り、戦い、戦い、戦い続けてきている。路上で喧嘩をし、時には裏社会で行われるルール無用の危険な大会にだって出場してきた。すべては金を手に入れるために……。

玲奈には金が必要だったのだ。たとえ自分の命さえ危険に陥ったとしても得なければならないほどに……。

*

「よう、元気か遼平《りょうへい》」

とある病院の一室に、ニコニコと笑顔を浮かべながら玲奈は入っていく。

「あ、玲奈ねぇ」

病室のベッドに横になっていた少年が身を起こし、こちらを見つめてきた。

少年の名は神楽《かぐら》遼平という。

玲奈にとっては幼なじみであり、また、姉弟――家族のような存在である少年だった。

家族というのは決して誇張表現じゃない。

両親、親類がおらず施設で育ってきた玲奈。遼平はそんな玲奈と同じ施設の出身――子供の頃からずっと一緒に育ってきた仲間だった。

「今日はどうしたのさ？」

「別にどうってことはねぇよ。ただ、ちょっと元気かどうか様子を見たくてさ。で、どうだ調子は？」

「どうって……別に悪くはないよ。最近はなんだか凄く快調なんだ」

「そっか……ならよかった」

快調という言葉に心の底から嬉しそうな表情を玲奈は浮かべる。いや、表情だけじゃない。本当に心の底から喜ぶ。

玲奈にとって自分自身よりも大切な存在――それが遼平だった。

金を集めているのもすべては彼のためである。

十年前、遼平は原因不明の難病にかかってしまった。病気の原因や、治療法は不明。

確実にわかっていることは、放っておけば命をなくしてしまうということだけ……。

ただ、一応病気の進行を遅らせる薬だけは存在していた。

ただし、その薬を得るためには莫大な金がかかる。

が、施設育ちの遼平に金があるわけもなかった。

だからこそ、玲奈は拳士になったのである。すべては遼平のために……。

「……うっし、それじゃあ、今月分な」

幼なじみの様子にホッとしつつ、懐から封筒を出すと、それをベッド脇に置いた。

「玲奈ねぇ……その……」

途端に遼平は表情を曇らせる。それはとても、苦しげな——そして今にも泣き出しそうな表情だった。

「遠慮はすんなよ。これはオレが好きでやってることなんだからさ」

正直こんな表情は見たくない。向けられただけでも胸が痛む。弟のような存在——誰よりも大好きな彼にだけは、こんな表情をさせたくはなかった。

それでも玲奈は苦しみを表情に出したりはせず、笑ってみせる。

「だけど……でも……僕のために玲奈ねぇが危ない目に遭うなんて……耐えられないよ。僕のことなんかどうだっていい。だから……頼む。頼むから……やめてよ」

対する遼平は泣き出しそうな表情を浮かべた。

そんな彼の頭に手を置くと、優しく撫でる。

「……やめることなんかできねぇよ。だって……どうだっていいなんてことなんかないんだからさ」

撫でつつ、優しく語りかけた。

「何度も言ってるけど……オレにとってお前は自分よりも大切な存在なんだ。自分が苦しいよりも、お前が苦しんでる時の方がつらいんだよ。痛いんだよ。だからさ、好きにさせろ」

「でも……いつまで続くかもわからないのに……」

「大丈夫だ。必ず治るさ。オレが治してみせる」

決して表面上の言葉だけじゃない。心の底からの言葉だった。

「だから……オレを信じて待ってろ。その……お返しはお前が治ったらたっぷりしてもらうからさ」

パチッとウィンクまでしてみせる。

「れ……玲奈ねぇ……」

一瞬幼なじみは瞳を見開き——

「ありがとう。ありがとね……玲奈ねぇ」

ポロポロ涙を流しながら、そう告げてきた。

「なに泣いてんだよ。男が泣くなよな。ば〜か！」

笑いながら、ガシガシと少し乱暴ではあるけれど、何度も幼なじみの頭を撫でた。

「わっぷ……ちょっ！　ちょっとぉ」

「あははは」

抗議の声を向けてくる遼平を笑う。

「しかし、お礼してもらうのもいいけど、その前に完治祝いだな」

「完治祝い？」

「ああそうだ。何がいい？　う～ん、そうだな。例えば……やっぱりお前も男なワケだし……筆下ろしとかか？」

「は？　ふ……筆下ろしって……れれれ……玲奈ねぇ！　な、何言ってるんだよ！」

茹で蛸みたいに幼なじみは顔を真っ赤に染める。その姿になんだか胸がキュンとするのを感じた。

「何って……そのままの意味だぞ。知らないのか筆下ろし？」

「知らないのかって……それは……その……」

「その反応……知ってるな？　ほら、どうだ？　完治祝いとしてはいいんじゃないか？　どうせお前……童貞だろ？」

「そ……そそそ……それはその……」

言葉に詰まる。

実にからかい甲斐のある反応だった。

「ほ～ら、やっぱり童貞だ。あはは、お前十五だろ？　その年で童貞ってマジか？　童貞が許されるのは小学生までだぞぉ」

ケラケラと笑ってやる。

「ううう〜。わ、笑うなよぉ。そういう玲奈ねぇだって……し……ししし……処女のくせにぃっ！」

「へ？　あ……は……はぁあああ！」

処女――弟（のような相手）の口から飛び出してきた言葉に、今度は玲奈が言葉に詰まる番だった。

「ななな……何言ってんだよ。お……オレがし……処女って……」

顔も遼平とおそろいみたいに真っ赤に染まっていく。

「ほら、その反応！　やっぱり処女だ！」

「な……ななな！　ば、馬鹿言ってんじゃねえよ！　お……オレが処女!?　おおお……オレはビッチの玲奈姉さんとして知られてんだぞ！　オレが処女のわけねーだろ！　や……やりまくりだっつの!!　そりゃもうバコバコにぃ！」

「そんな嘘ついたって無駄だよ！　玲奈ねぇの嘘なんてすぐわかるんだから！」

「な……なんだとぉおお！」

病室で言い争う。

「ちょっと！　他の患者さんがいるんだから静かにしなさいよねっ!!」

なんて看護師さんに怒られてしまうくらいに……。

ただ、怒られても幸せだった。

していることは言い争いだけど、とても楽しく、堪らない時間だった。こんな時間が一生続いてくれればと思うほどに……。

だからこそ――

（薬だけじゃ駄目だ……。治す。遼平を必ず治してみせる。どれだけ金がかかったとしても……必ずオレの手で遼平を救ってみせる……）

玲奈は心に誓う。

＊

それから半年後――

（必ず勝つ……。オレは負けない）

玲奈は地下コロシアムに立っていた。

優勝者の願いであればどんなものでも大会運営が威信にかけて叶えてくれるという闇の闘技大会のリングに……。

運営がどんな団体なのかは知らない。だが、場所が場所だ。間違いなく政府さえも絡んでいる。

優勝し、遼平の完治を願えば、もしかしたら――などという希望を抱かずにはいられなかった。

だからこそ、敗北すればどんな目に遭わされるかわからない大会ではあったけれど、送られてきた招待状に玲奈は迷うことなく出場すると返したのである。心に必勝を期しながら……。

その想いのままに、玲奈は一回戦、二回戦、三回戦と順調に勝利を収めた。

そして四回戦――。

（こいつが御子神流の継承者？　あの……女帝の弟子……）

目の前には一人の少年が立っている。少年――そう、少女のようにも見えるけれど間違いなく少年だ。年齢だって遼平と同じくらいにしか見えない。

（だが、見た目に惑わされちゃならねぇ）

何しろ相手は〝あの〟御子神流の遣い手であり、二年前、唐突に姿を消すまであちこちの拳士や剣士を襲い、打ち倒してきた女帝、御子神紅葉の弟子なのだから……。

実際一回戦、二回戦、三回戦とその戦いぶりを見てきたが、実力は本物だった。

（一回戦こそ緊張のせいで苦戦したみたいだが、二回戦以降はまるで人が変わったみたいに敵を圧倒してた……。だけどな、それでもオレは負けねぇよ。なにせ……オレの拳はオレだけのものじゃねぇからな）

この大会に出場することは遼平には内緒にしてある。絶対に心配させてしまうだろうから……。

それでも心は一緒だった。握った拳には幼なじみの魂も籠もっている。だから勝つ。

勝てるのだ。誰が、どんな強敵が相手だったとしても！

「……いくぜ……ぶっ倒してやるよ」

短く告げ、構える。

「勝つのは……オレだ」

こちらの宣言に応えるように、少年（確か桐谷晶とか言ったか？）も構えを作った。

「オラアアアアアッ!!」

刹那、玲奈は地面を蹴る。引き締まった筋肉すべてにエネルギーを行き渡らせながら、晶との距離を詰めた。

＊

勝てる——その確信を玲奈は抱いていた。

確かに桐谷晶は強い。千年続くと言われる御子神流の技のキレ、冴えはしょせんは街の喧嘩屋でしかない自分とは比較にならないほどのものだったと思う。

それでも、最後には自分が勝つ——という確信は揺らがなかった。

喧嘩屋と呼ばれるほどの実戦経験——それが技の冴えやキレを凌駕していた。

晶の技を躱《かわ》すことはできる。いなせる。カウンターをぶちこめる。

（勝った！　オレの……オレの勝ちだ!!）

だが——

「葛木玲奈」

完全なる勝利を得たと思った刹那、名を呼ばれた。

呼んできたのは晶側のセコンド席に立つ、ゴスロリ衣装に身を包んだ女——多分、女帝、御子神紅葉。

コロシアムは「殺せっ！」だの「やっちまえぇぇ」だの酷い喧噪に包まれている。だというのに、なぜか彼女の言葉をはっきりと認識してしまう自分がいた。

「え？」

しかも、ただ聞くだけではない。戦いの最中だというのに、一瞬動きを止めてしまう自分がいた。

「あれが……見えますかしら？」

そんな玲奈へと笑いかけながら、女が客席を指差す。

反射的にその後を追うように視線を向け——

「な……なんでだ!?」

完全に玲奈は硬直した。

「……玲奈ねぇ……」

なぜなら、そこには遼平の姿が——病院にいるはずの幼なじみの姿があったのだから……。

「わたくしが連れてきましたのよ。貴女のために」

ニタアアッと悪魔のような笑みを女帝が浮かべた。

いないはずの幼なじみがなぜここに？

わけがわからない。頭の中が真っ白になる。

戦いの中で、戦いを忘れる。

「もらったぁあああぁ！」

「しまっ――」

その一瞬を突くように撃ち放たれた晶の一撃によって――

「あああぁああああっ！」

玲奈の身体は撃ち貫かれた。


「戦紋虚脱穴《きよだつけつ》を突いた。この気穴を突かれた以上、あんたに勝ち目はない。わかるだろ？　全身から力が抜けているのが」

「うっく……くぅうう……」

晶が告げてくるとおり、全身が脱力していた。身体中が痺れている。

「ど……どういうことだ……御子神ぃいいいいっ!!」

だが、正直そんなことはどうでもいい。

大事なのは、なぜここに遼平がいるのかということ。どうして御子神紅葉が遼平のことを知っているのか？　ということだった。

「……どういうことも何もありませんわ。わたくしは、貴女に勝つために彼を連れてきた。幼なじみがいないはずのここにいる——という状況で貴女を混乱させるためにね。どう？　見事な策でしたでしょう？」

してやったり——とでも言うように、勝ち誇った笑みを御子神は浮かべる。

「この……卑怯者がぁああっ！」

「卑怯？　あはは……馬鹿ですわね。勝利。わたくしたちにとって大事なものはそれだけですわ。そのためならばわたくしはなんだって致しますの。勝つためならばどんな手段も厭わない。拳士とは本来そういった存在であるべきだとは思いません？　そういうわけですから葛木玲奈……敗北を認めなさい。わたくしに……勝利を」

戦っているのは自分だと言わんばかりの表情、言葉だった。

受け入れがたい。許せない。

「誰が……てめぇなんかにぃいいい！」

力を入れることはできないが、殺気をこめた視線で睨む。

「そうですか……では、仕方ありませんわね。晶」

これを御子神は涼しい表情で受け止めつつ、パチンッと指を鳴らし、弟子に命じた。

「……悪いな」

これを受けた晶は、一言謝罪の言葉を口にすると共に、容赦なく倒れ伏した玲奈の身体を蹴りつけてきた。

「あがあぁっ!!」

まるでシュートでも打つような一撃に、痛みが走る。反射的に悲鳴を漏らしてしまう自分がいた。

痛々しい声――しかし、その声を聞いても晶は躊躇などしてはくれない。

「があっ！　あぎあっ！　くひいいいっ!!」

何度も何度も容赦なく玲奈の身体を痛めつけてきた。

どこまでも激しい攻撃。観客席の遼平が「玲奈ねぇええええ！」と悲鳴を上げる。

聞いているだけでつらい声だ。あんな声上げさせたくはない。だからこそ――

（オレが諦めたら……遼平の病気は治らねぇ！　だから、オレは優勝するんだ！　絶対の……絶対にぃいいいっ!!）

負けられなかった。絶対に耐えねばならなかった。

「お……れは……負けねぇ……絶対……絶対に……てめぇら……なんかにはぁああ！」

「あらそう……。うふふ、これでも負けを認めませんか。しかも、ダウンもしないとは……呆れるほどに丈夫ですわね。ですが、だからこそ――実験には好都合というものですわね」

そうして耐え続ける玲奈に対して、御子神が向けてきたものはなぜか歓喜の表情だった。

「じ……っけん？」

「うふふふ」

どこまでも意味深に紅葉は笑う。

一体彼女が言う実験とはなんなのか？

その答えを、玲奈は文字通り身をもって体験することになる。

＊

「な……て、てめぇ……なんの……つ……つもりだ？」

ぐったりした玲奈の目の前――それどころか大勢の観客の前で、試合中にもかかわらず、晶は身に着けていた胴衣のズボンを躊躇なく下ろす。

（なんだ……あれ？　で……でかい!?）

ビョンッと飛び出すように、下腹部が露わとなった。

同時に、視界に〝ソレ〟が映りこむ。

ちょっとした子供の腕くらいはあるのではないか？　と思ってしまうほどに、晶の見た目とは裏腹に巨大で、猛々しい肉槍が……。

（あれ……なんだ？　ち……ち×こ？　あれが？　嘘だろ？　だって……あんな……全然違う……。遼平のとは全然……）

遼平とは小さな頃からずっと一緒だった。だからこそ、一緒に風呂に入ったことだってある。それどころかつい最近だって――

『ほら……ちょっと見せてみろよ……。ふ～ん、まだまだお……おおお……お子様だな』

ふざけてズボンを脱がし、彼の性器を目にし、顔を真っ赤にしてしまう――なんてことがあった。

（なんか男のって……け、結構可愛いんだな）

あの時見たペニスは、そんな感想を抱いてしまうようなものだったけれど……。

現在突きつけられている肉槍は全然違う。

凶器なのではないか？　本当に槍なのでは？　なんてことさえ考えてしまうほどに、禍々しく、猛々しいものに見えた。

亀頭は膨れ上がり、肉茎には幾本もの血管が筋のように浮かび上がっている。こんなものを突きこまれたら身体が二つに裂けてしまうのではないだろうか？

「……なんのつもり？　もちろん、貴女に刻みこみますの。屈辱を――絶対的な敗北という奴をね。この大勢の観客の前で辱めることによって」

「は……辱めるだと!?　そんな……うっぐ……くううう……そ……んなことが許されるとでも……はぁ……はぁ……お、思ってんのか!?」

「当然、許されますわよ。なにせこの大会には、相手をダウンさせるか、降参させる──というルールしかないのですからね」

「だからって……こんな……」

「イヤならば……認めなさい。敗北を」

「敗北を……認める？」

一瞬その考えが脳裏をよぎる。

穢される。辱められる。大勢の観客の前で。いや、遼平の目の前で──絶対に嫌だった。そんな目に遭わされるくらいならば、負けてしまったって……そう思えるほどに……。

（いや！　駄目だ！　それは駄目だっ!!）

が、すぐにその考えを振り払う。

敗北は許されない。負ければ相手の奴隷。たとえ相手が玲奈ではなく、賞金を選んだとしても、大会運営の管理下に置かれてしまうことになる。

そうなれば遼平を救うどころではない。二度と彼に会えなくなる。彼を救うことができなくなる。

敗北など、絶対に認めることはできなかった。

（……むしろこれは好機だと思え……。今は身体から力が抜けてる。だが……時間が経てば回復する可能性だってある。そうなれば、逆転する機会だって……）

相手がくだらないことを考えている隙を突くのだ——そう自分自身に言い聞かせつつ、鋭い視線で晶を、その背後にいる御子神を睨んだ。

「降参なんか……ぜ……ぜってぇしねぇ！　ぜってぇな！」

「うふふ……そうでなくちゃ面白くありませんわ。しかし、その負けん気、どこまで続くか楽しみですわね。というワケですから晶」

「へいへい」

頷きつつ、ゆっくりと晶が近づいてくる。

「お前……あんな女に命令されて……な……情けなくねぇのか？」

「……もちろん情けないさ。でも、こっちにも事情があるんだ。だから……悪いな」

その言葉と共に、ぐったりとした玲奈の後頭部を摑むと、無理矢理引き上げてきた。

「あがぁあああ……」

上半身が持ち上げられ、ちょうど顔の目の前に肉棒が突きつけられた。

眼前で肉槍が震える。吐き気を催しそうになるほど濃厚な牡の香りを鼻腔に感じた。

「おおおお！」

この光景に観客たちから歓声が上がる。

彼らが見に来たのは闘技大会――しかし、連中はこの状況に抗議の声を上げたりはしない。それどころかむしろ、喜んでいるようにさえ見えた。

「駄目だ！　玲奈ねぇ！　いいから！　もういいからぁっ!!」

そんな観客たちの中で、一人だけ悲壮な表情を浮かべている者がいる。

遼平だった。

もうやめてくれ、自分なんかのために頑張らなくていいから――玲奈がこの大会に出場した意味を理解した上で、そう遼平は訴えてくれていた。

その気持ちは正直嬉しいし、遼平の前で無様に穢される姿など晒したくはない。

ただ、それでも、敗北を認めるわけにはいかなかった。

敗北すればもっと悲惨な目に遭わされるのは間違いないから。それ以上に、遼平を救えなくなってしまうから……。

「だ……大丈夫だ……オレはこんな奴に負けねぇよ」

だから笑う。笑ってみせる。

けれど、その笑みを遮るかのように――

「ふっぐ……んぐううっ」

グチュウッと唇にペニスの先端部が押しつけられる。

（うああ……あ……熱い……。それに……くせぇ）

口唇が火傷してしまうのではないか？　と思うほどの熱気と、鼻先に突きつけられた時以上の臭気が伝わってきた。

「んぐうっ！　くふっ！　んぐううっ!!」

噎せ返りそうになるほどの匂い。反射的に押しつけられた肉槍から顔を離そうとする。

けれど、後頭部を摑まれたままの状態ではそれも不可能だった。

藻《も》搔《が》く玲奈に対し、晶は容赦することなく、さらに強く腰を押しつけてくる。

「ごぶううっ！　もっご！　おもっ！　おっおっおっ――もぼぉおおおっ!!」

（開かれる……無理矢理！　あああ……オレの口に……挿入ってくる!!　こ、こんな……こんな奴の……も、ものがぁああ）

抵抗など不可能だった。

口唇が無理矢理拡張されていく。巨大すぎる肉槍によって、容赦なく口内が蹂躙されていった。

（壊れる……オレの、お、れの口が……壊される!!　息が……息が詰まるぅううう）

ただ口腔を犯されるだけではない。喉奥まで塞がれることとなってしまった。当然のように呼吸さえも阻害されてしまう。

「むっふ……ふぐうう！　うっうっ――うぶぅううう！」

強い苦しみに眦《まなじり》には涙さえ浮かんだ。

ただ、それでも――

「こ……にょ……やりょう！　抜けっ！　んっふ……ぐふうう！　こ……りぇを……ぬげぇええええ!!」

泣いたりなんかしない。ただされるがままに口腔を犯され、悶えるだけでは終わらない。

鋭く視線を細めつつ、玲奈は敵を睨んだ。

されるがままに悶えていてはいけない。遼平の前で情けない姿を見せるわけにはいかなかった。

「この期に及んでそんな目をし、そんな口を利きますか……。さすがは喧嘩屋。鋼の拳と呼ばれているだけのことはありますわね。ですが、申し訳ありませんが、貴女の言葉を受け入れることはできませんわよ。なにせ、本番はここからなのですからね」

（ほん……ばん？）

まるで自分が犯しているかのような言葉を向けてくる御子神に対し、肉棒を咥えこまされたまま首を傾げる。

するとこの抱いた疑問に答えるかのように――

「おっご！　もごぉおおっ！　おっおっ！　おぼぉおおっ!!」

それ――容赦のないピストンが始まった。

（う……ごき……これ……動き始めた！　オレの……お……れの口……口の……中で……こいつのが……ち×こが……う……ごき……はじめたぁああ）

晶の腰が前後に振られる。ドジュッドジュッドジュッと卑猥な音色を奏でつつ、喉奥を刺し貫こうとするかのように……。

「ぶっご！　もごぉおお！　おっぼ！　ぶぼっぶぼっぶぼっ!!　おびょぉおおっ！」

その動きはあまりに激しいものだった。

まるで性玩具のように玲奈の頭は前後に揺さぶられる。ドジュッと腰が突き入れられるたび、喉奥――それどころか食道までも、膨れ上がった亀頭によって塞がれることとなった。

目の前が白く染まる。

ズンズンズンッというピストンに合わせるように、何度も何度も視界が明滅した。

蠢く巨棒。膨れ上がった肉茎に掻き出されるようにして、口端から唾液が垂れ流れ落ちていく。びしょびしょに濡れるアゴから、ポタポタ地面に向かって粘液の糸まで伸びた。

「おおお！　凄いぞ！　まさかこんな光景が見れるとは！」

「さすがは御子神流といったところか？　う～む、堪らんぞ」

この光景に観客たちが歓声を上げる。

（見られてる……こんな無様なす……がたを……）

男に口腔を凌辱されるなどという状況——あまりに屈辱的だった。

「むぶうう！　んっぐ……んふうう！　んっんんっ——んぶううう っ!!」

だが、悔しさに身を震わせつつも、玲奈は諦めない。これ以上犯されまいとするように、必死に口唇を閉じようとする。

なぜならば、この光景を見ているのは、ゲスな観客たちだけではなかったから……。

「玲奈ねぇ……玲奈ねぇ……」

涙を流しながら遼平がこちらを見つめている。

（な、泣くんじゃねぇよ……。オレは……負けねぇから……こんな程度で……ま、けたりは、しねぇからさっ!!　オレは……無敵の、お前のねぇちゃんなんだからっ!!）

抵抗を諦めるわけにはいかなかった。

「んぐうう！　んっんんっ——ぼぐうう！　ぶっぴょ！　おぴょぽぉおおっ!!」

しかし、止められない。どれだけ口腔を引き締め、肉棒を挟みこんでも、ピストンの勢いを弱めることさえできなかった。

それどころかむしろ、口唇を収縮させればさせるほど、晶はピストンを激しいものに変えてくる。肉茎に絡みつく口腔の感触が心地いいとでもいうかのようだった。

実際、愉悦を覚えていることを証明するかのように、ドッジュドッジュという突きこみに比例するように、たださえ大きかった肉棒が一回りも二回りも膨張を始める。

(これ……お……大きくなってる！　お……れの……ごっぽ！　もごおお！　口の中で……こいつのが……ち……ち×こが大きくなって……ビクビク震えてる！　まさ……か……まさか……これって!!)

男に実際抱かれたことはない。だが、知識だけは持っていた。もし、万が一、遼平とそういう関係になる日が来た場合に、自分がリードするために……。

それ故に、ペニスの膨張が意味していることをなんとなくではあるが理解する。

「もっぐ！　や……べろっ！　ごっぽ！　むごおおっ！　おんっおんっ——おぶぅう!!　ど……まれ……ぼっぶ……どまれぇええっ!!」

これまで以上に相手に対する拒絶の意を示す。

しかし、止まらない。晶は腰を止めてなどくれなかった。

それどころか、これまで以上にピストン速度を上げ、より奥まで喉を抉るように肉槍を突き刺してくる。

「がぶうう！　ぼぶっぼぶっぼぶっぼぶっ——ぼびょぉおおっ!!」

(大きくなってる！　震えてる！　だ……めだ！　あああ、遼平！　遼平ぃいい！)

救いを求めるように心の中で幼なじみの名を呼ぶ。

刹那――

「ぶぼぉおおおっ!!」

根元まで肉棒が喉奥に突きこまれた。ボゴッと喉が内側から膨張してしまうのではないか？　と思うほどに深くまで挿しこまれる。その突きこみのあまりの衝撃に、思わず瞳孔が開いてしまいそうなほどに瞳を見開いた。

この突きこみとほぼ同時に、これまで以上に亀頭が膨張する。肉先秘裂が口を開く。それと共にビクビクビクッと激しく肉茎が震え――

「おぶぼっ！　ぶっぱっ!!　んびょぉおおおっ！」

射精が始まった。

喉奥まで挿しこまれたペニスから、ドクッドクッドクッとポンプのように多量の肉汁が直接喉奥に撃ち放たれる。

（おおお！　で……出てる！　ドクッドクッドクッて……熱いのが……オレの……オレの口の中に！）

その量は尋常ではない。

一瞬で喉奥が肉汁塗れとなる。もちろん、喉だけでは受け止めきれない。口腔までもすぐに満たされ――

「おぶばぁああ！」

肉棒を挿しこまれた口端からも溢れ出した。

（く……苦しい！　これ……お……オレ……息が……できない……。凄い量……。これが？　し……射精？　せ……せーえき⁉）

液と言うよりもゼリーと言った方が正しいのではないか？　などということさえ思ってしまうほど、濃厚な汁で口内が満たされていった。

（されてる……だ……されてる……。オレ、すげぇ量口の中に射精されち……まってる……。あぶうう……に、苦い……それに不味いぃいいい）

舌先に熱汁の味が伝わってくる。味覚が麻痺してしまうのではないか？　と思うほどの苦みが伝わってきた。

「おっぶえっ！　うぉぇえええ」

反射的に吐き出しそうになってしまう。

けれども、肉棒を挿しこまれたままでは嘔吐することなど不可能だった。

それどころか、さらに肉汁を流しこまれることとなってしまう。終わることなく続く射精によって、口腔がどうしようもないほどに白濁塗れにされてしまう。

（まだ……出る！　これ……まだ……せーえきドビュドビュ射精してるぅう！　や……ばい……これ……まじで……溺れる……オレ……溺れちまうぅう）

溺れるという言葉は決して誇張ではない。口にチューブを突きこまれた状態で、液体を無理矢理流しこまれてしまっている。そんなことさえ思ってしまうかのような状況だった。

（し……ぬ……オレ……息ができなくて……死ぬうう）

本気で窒息してしまってもおかしくない。

「おぐうう！　ごっぼ！　おごっ！　んごぉおおっ!!」

本能的に突きこまれた肉棒を引き抜こうと藻掻く。足掻く。必死に暴れる。しかし、どれだけ暴れても晶は拘束を解いてはくれない。それどころか、より強く後頭部を押さえこんでくる。

いや、違う。後頭部への押さえこみだけでは終わらない。

「さぁ晶……まだですわよ。そいつの口を貴方のザーメンで満たしておやりなさい。いっそ殺してくれと思うほどにね♪」

御子神のその命令に従うように――

「ばびゅっ！　がっぽ！　んぼぉおお！　おっぼ!!　おっぼおっぼおっぼっ――おびょぉおおおお！」

どこまでも無慈悲に、射精を終えてもなお萎えることのない肉槍を叩きつけるように、躊躇なくピストンを再開してきた。

それはあたかも、肉汁に塗れた口内をかき混ぜてきているかのように……。

＊

それから何度──。

「ごびょおお！　おっおっ──ぶびょぉおおおっ!!」

（また……また……で……てる！　また……オレの……口にぃいい！）

何度──。

「あぶばああ！　ぶっぶっぶっぶっ！　もぶぅううっ!!」

（止まらない！　射精！　しゃせーどまらなひぃいいいい！）

（し……ぬ……これ……射精……しゃせーしながら……動いてるぅうう!!　お……れ……駄目だ！　死ぬ！　マジで……精液で殺されるぅうう！）

射精されただろうか？

わからない。理解できない。何も考えられない。

口の中は白濁液でグチャグチャになっていた。

「んっぷ……んびゅううっ!!」

いや、口だけでは終わらない。

左右両方の鼻の穴からまで、白濁液は溢れ出していた。まるで鼻水でも垂れ流してしまっているのではないか？　とさえ思えるような有様だった。

「おっ……おっ……おぉおおおお……」

顔の下半分を肉汁でぐしゃぐしゃにしながら、半分白目を剝きつつ、ビクッビクッビクッと肢体を震わせる。

その有様は拳士のそれではない。性処理のための肉人形そのものと言ってもいいものだった。

最早戦いではない。一方的な凌辱劇というべきか……。

心ある者であれば目をそむけたくなるような姿である。

しかし、そのような状況に陥れられた玲奈に向かって観客たちが投げかけてくるものは、歓声だった。

この歓声に乗るように、さらに晶は腰を振り立ててくる。何度射精しても、何度白濁液を撃ち放っても、萎えることがないどころかより硬く、より熱く屹立してくる肉槍を喉奥に突き立ててくる。

「がっぽ！　がっぽがっぽがっぽ——がぼぉおおおっ！」

抵抗もできずにされるがままに口腔を凌辱されるその姿は、オナホールそのものと言っても過言ではないだろう。

あまりに屈辱的で、無様な状況だった。

だというのにどうしてだろうか？　なぜだろうか？
（な……んだこれ……？　お……美味しい？　う……そだろ？　ありえないだろ？
こんな……こんなものを……美味しいとか……感じるなんて……そんなこと……ある
はずが……ない……のに……）
どうしようもないほどに苦くて不味い肉汁を、なんだか美味しく感じてしまう。苦
みはそのまま。口の中に絡みつく感触も気持ち悪い。そのはずなのに、伝わってくる
味を堪らないほどに甘美なものだと認識してしまう。
「んっじゅ……んじゅるっ！　おっげ……げほっげほっ……んぎゅううっ」
ゲホッゲホッと噎せつつも、喉を上下させ、口腔に溜まったものを飲んでしまう自
分さえいた。
（広がる……胃の中にあちぃのが広がってく……。オレの腹……パンパンになっちま
う。こんな……こんな気色悪い汁で……。あああ……なのに……なのにこれ……なん
で？　なんでだ？　熱くなる……オレの身体が……熱くなって……どういうことだ？
あそこが……ま……ま×こがジンジンする!?）
下腹部に熱気が広がっていく。それと連動するように、どうしようもないほどに全
身が熱くなっていくのを感じた。ジンジンと下半身が疼く。秘部から愛液が溢れ出す
のを理解した。ホットパンツに内側から染みができていく。

「んっふ……くふうっ！　んっんっ……むふぅうう」

漏らす吐息の中に、苦しみだけではない、どこか熱い響きまで混ざり始める。

じんわりと全身が熱く火照っていく。褐色の肌が紅潮する。ムンムンとした汗が、肢体をしっとりと濡らし始めた。どことなく甘い香りを含んだ汗が……。

「その反応……うふふ……もしかして、感じてますの？　貴女……口を犯されて気持ちよくなっちゃってますのぉ？」

「ば……んぶうう！　おっぷ……ばっがを……い……いふんじゃねぇ！　おっぽ！　むぼおっ！　おっおっ——ぶびょおおお！　おんんん……お……オレは……おでは……こんにゃ……こんにゃこどで……感じたりにゃんかぁあぁ!!」

向けられる御子神の嘲笑を、ドジュッボドジュッボと容赦なく口腔を犯されつつも当然否定する。認めることなどできるはずがない。事実、こんなことで感じるなどということがありうるはずがないのだから……。

（そう……だが……こんな感覚……気のせい……気のせいだ！　あり得ねぇ!!　オレは……感じてなんか……いねぇっ！）

「感じてないですか……。ふふふ、その言葉、いつまで保つか見物ですわね。晶……やってやりなさい」

晶に命が下される。

これに逆らうことなく桐谷晶は従い――

「ぶびょぉお！　ごぶびょっ!!　もっびょ！　おぶっびょ！　ぶびょっぶびょっ！　おびょぉおおおおっ!!」

ピストン速度をさらに上げてきた。

しかも、ただ喉奥を突いてくるだけでは終わらない。

時には舌を亀頭で圧迫し、時には肉先を口腔に強く押しつけてきたりもする。

（な……んだこれ……頭……オレ……頭の中……まで……ぐしゃぐしゃ……ち×こでぐっしゃぐしゃに……かき混ぜられ、てる……み、みたいだぁあぁ）

犯されているのは口腔でしかない。しかし、脳髄までが蹂躙されているような気がしてしまう。腰が打ち振るわれるたび、思考さえも歪まされていくような、そんな感覚さえ覚えてしまう自分がいた。

そのためなのだろうか？　凌辱が続けば続くほど――

（ど……どんどん……美味しくなる……。せーえき……汚ねぇ汁を美味いって……お……思っちまう……）

口腔に溜まったままの牡汁をより甘美に感じてしまう。もっと飲みたいとさえ……。

「んっじゅ……ぶじゅるるぅっ！　ふっじゅ……んじゅっ！　ごきゅっごきゅっごきゅぅぅうう」

さらに積極的に喉を上下させてしまっていた。

いや、それだけでなく、頬を窄め、突きこまれる肉棒を啜るという行為まで……。

（気持ちいい！　あああ……蕩ける……オレの中が……飲めば飲むほど……ドロドロになって……いく……みたいだ……。こんな……こんなもの飲んで感じるなんて……あり得ない。あっちゃ……いけないことなのに……これ……来る……なんか……来るぅうう）

抑えがたいほどに愉悦が広がってくる。

蹂躙され続ける口腔を中心として、官能の悦楽が波立つように全身を包みこんでくるのを感じた。

（まさか……これ……い……絶頂く？　お……オレ……いっち……絶頂っちま……うのか？　こんな……口を……口を犯されただけで……。馬鹿な！　そん……な……馬鹿な！　駄目だ！　そんなの……そ……んなの……駄目だぁあぁっ!!）

口腔を犯されるだけで達する。しかも、相手は敵であり、周りには観客までいるという状況。その中には遼平だっているのだ。そのような状況で達するなど、決してあってはならない。

（た……えろ！　耐えろぉおお！　絶頂かない!!　オレは……こんな……無理矢理く……ちを……犯されて達しなんか……しないっ!!　だから……耐えろ！　耐えろ耐え

ろ耐えろ――耐えるんだぁああっ!!)

だから必死に言い聞かせる。絶頂などすまいと膨れ上がる性感を抑えこもうとする。けれども、そんな玲奈を嘲笑うかのように、晶による口腔凌辱は止まることなく激しさを増してきた。

叩きつけられる腰の勢いは口だけでなく、喉奥、胃の中まで刺し貫かれてしまうのではないか？　とさえ思えるほどのものとなっていく。

喉奥に肉先が突きこまれるたび、痛々しいほどに瞳を見開くこととなってしまった。突きこみに合わせるように、口や鼻からビュッビュッと散々流しこまれた肉汁を外に飛び散らせてしまう。

(おおお！　く……るしい……。なのに……気持ちいい！　どうしてだ？　耐えないと……耐えねぇとい……けないのに……お……抑えられない！　感じる！　オレ……感じちまう！　気持ちよく……なっちまうぅぅう)

わけがわからなかった。自分の身体が自分のものではなくなってしまっているような気さえしてしまう。

「な……にを……ごっぴょ！　ぶぴょおお!!　な……にをじだぁああ！　おっぶ！おっおっおんんん！　ぎ、ざまらぁああ……お、れに……にゃにをじだぁあっ!?」

明らかにおかしい。何かをされたとしか思えない。

「あら、気付きました？　貴女が言うとおりですわ。しましたの。貴女が口を犯されても感じられるようにね」

御子神はあっさり肯定する。

「晶の肉棒を使って……口の中にある戦紋を刺激致しましたのよ。どんな不味い精液であっても美味しく感じられるような、たとえ口の中を犯されても感じてしまうような戦紋をね。うふふふ……どう？　気持ちいいでしょう？　美味しいでしょう？　耐えられないでしょう？　我慢できないでしょう？」

サディスティックな表情を浮かべ、御子神は笑った。すべては自分の思い通りとでも語るかのように……。

（こんな……こんな最低女にいいように……さ……れる？　い……イヤだ！　そんなの……そ……んなの……絶対に……いやだぁああっ!!）

負けたくない。拳士としての意地がそれを許さない。

（りょ……うへい……遼平ぃいいっ!!）

幼なじみの前で情けない姿を晒すわけにはいかないのだ。

だが、そうして心の中でいくらイヤだと叫んでも、耐えなければと思っても——

「んひいい！　ぶぶっぴょっ！　おっぴょ！　おんっおんっ——おんんんっ!!」

（き……もち……いい！　あああ……駄目なのに！　いけ……ないのに……抑え……

お……さえられない……オレ！　駄目だ！　気持ち……よくなってる……感じ……ちまってるぅううう!!　おんっおんっおんんん！）

愉悦を覚えてしまう。刻みこまれる肉悦に、肢体をのたうち回らせてしまう。

「我慢する必要などありませんのよ。というよりも、土台我慢など不可能なのです。なぜなら、貴女はすでに御子神流の支配下にあるのです。だから、認めなさい葛木。快楽を受け入れるのです。そうすれば、苦しみから解放され、最高の悦楽を知ることができますわよ。無駄な抵抗などやめなさい。感じてしまうのは仕方がないことなのですから」

打ち振るわれる腰に合わせるように、御子神の囁きが脳髄に響き渡る。

（仕方……ない……？　違う……チガウッ!!　でも……だけど……）

これは本当に仕方がないことなのかも知れない――そう考えてしまう。

なぜならば、戦紋を突かれてしまっているのだから……。

御子神流は相手の戦紋と呼ばれる気穴を突き、相手の身体に内側からダメージを与える拳法と伝えられている。それは御子神流千年の歴史が生み出した技だ。たかが喧嘩屋如きが及ぶものではない。逆らえるはずなど……。

（か……考えるな……考えるんじゃ……ねぇえええっ!!）

揺らいでしまう心を引き留めようとする。

けれど、一度浮かんでしまった考えを消すことなど不可能だった。

「ふじゅうう！　もぶっじゅ！　ぼじゅっぼじゅっ――ぶぼじゅううっ!!」

(駄目だ……抑え……られ……ねぇ。感じる。オレ……感じちまう。遼平の……前なのに……口の中……ずぼずぼ……じゅぼじゅぼ犯されて……感じちまうぅぅううっ♥)

抑えられない。抑えがたいほどに愉悦が膨れ上がっていく。

(だって……だって仕方ないだろぉ！　オレのせいじゃない！　口の中……身体を……敵の技が変えちまった……から……だから……仕方ねぇ……仕方ねぇんだ)

玩具みたいに頭を前後に揺さぶられながら、言い訳のように心の中で叫んだ。

(これ……駄目……絶頂くっ!!　もう……無理だ！　遼平……オレ……無理だ)

置かれている状況は、無残としか形容できない。それなのに、膨れ上がる。どうしようもないほどに快楽を覚えてしまう。

「玲奈ねぇ……畜生……玲奈ねぇ……」

(ごめん……遼平……ごめん……)

「ふじゅうう！　むっじゅる！　ぐじゅじゅっ!!　ふじゅううううっ！」

どんなものよりも、何よりも、大切な幼なじみの前で身悶えてしまう。心の中で彼に謝罪しつつも、自分の意思で口腔を窄め、より肉茎を強く締めつけてしまってさえいた。

ペニスが蠢くたびに感じる、全身が蕩けるような感覚がもっと欲しい。もっと気持ちよくなりたい――そう訴えるように、ピストンに合わせて頭を前後に振ってしまう。

「くうう！　射精る！　射精るぞっ!!」

やがて、この口奉仕に後押しされるように――

「ぶぼあっ！　ごっぴゅ！　おびゅうっ!!　んげ！　おぐぼっ！　ぶぴょぉっ!!」

再び射精が始まった。

これで何度目になるだろうか？　わからない。もう回数を数えることもできない。それほどまでに繰り返し行われてきた射精だった。が、撃ち放たれるその量は、以前となんら変わることはない。それどころかむしろ――

（これ……お……多いっ!!　これまで……より……射精てる！　すげぇ量だ！　口が……破裂する。し、ぬ……ほんとに……せーえきで……窒息死するぅううう!!）

これまで以上に多量の肉汁が撃ち放たれる。

餌を多量に溜めこんだ小動物のように、ブクッと頬が内側から膨らんだ。ブビョオオッと両鼻から精液が溢れ出す。あまりに無様で、情けない有様だった。

喧嘩屋、鋼の拳――などとまで渾名されてきた矜持がズタズタに引き裂かれていく。

（おおお！　じぬ……オレ……じんじまうっ!!　な、のに……ごぼおお！　なのにぃいい！　き……気持ち……気持ちいいっ!!　かん、じる。感じちまってる……これ……絶頂くっ！　オレ……苦しいのに……もうっ！　もうっ！　もうぅぅううっ!!）

だというのに、感じてしまう。性感を抑えることができない。これまで以上の快感が弾け――

「いっぷ！　いぶっ！　ごっぷ！　おぶうううっ!!　お……で……いぶっ!!　おぼぼ……ごぼぉおおおお！　いぶいぶいぶ――いびゅうううっ!!」

玲奈は絶頂に至った。

肉棒を咥えこまされたまま、口腔を肉汁でいっぱいにしつつ、ドクンッドクンッという肉茎の震えにシンクロでもさせるかのように肢体を震わせながら……。

「がっぽ……おぼぉおおお……」

（き……気持ち……気持ちいい♥　すげぇ……これ……しゅげぇ……い……いい♥）

否定できないほどの快感に肉棒を咥えこまされたまま、その表情を愉悦に蕩かせた。

「ふぅううう」

そこまでしてようやく満足したらしい。晶は後頭部を押さえていた手を離すと、ジュボッと口腔から肉棒を引き抜いてきた。

「あっぷぇぇえええ」

ガポッと圧迫されていた口腔が解放される。

これにより、身体の支えを失った玲奈はドサッと上半身をコロシアムの地面に倒した。身体を起こし続ける力さえもう残ってはいない。

地面――土の感触が頬に伝わってきた。

それと共にどうしようもないほどの吐き気を覚え――

「おええ……おぶぇえええっ！　うげっ！　おぇえええええっ!!」

玲奈は吐いた。

散々流しこまれた白濁液を、口周りをグショグショにしながら嘔吐する。

ムワッとした牡の香りが、周囲に広がった。

大観衆の前で男の精液を吐き出す――本来ならば恥ずべき場面だろう。

（あああ……も……もったいねぇ……）

けれど、肉悦に麻痺しているためだろうか？　そんなことを考えてしまって――いや、考えるどころか、

「んっじゅ……んれろっ！　ちゅっぷ……んじゅるるっ……ちゅっず……むじゅるるるぅ……」

自分で吐き出してしまった肉汁を啜るなどという行為までしてしまっていた。

そこが地面であることも忘れたように、伸ばした舌で白濁液を絡め取る。グッチュグッチュと口の中で咀嚼《そしやく》し、嚥下《えんか》してしまう。

「はぁあああ……う……美味い♥　しゅげぇ……これ……美味くて……んっふ！　は

ふぅうう！　い……絶頂くっ♥　オレ……また……まった……絶頂くっ♥　せーえき飲むだけで……また！　またぁあああ！」

生温かい熱気が下腹部に広がっていく。ゼリーのような肉汁が喉を通り抜けていく様が堪らないほどに心地いい。

どうしようもないほどの性感に全身を包みこまれ、のたうちながら、上半身を地面に押しつけつつ腰を突き上げるという無様な体勢で玲奈は再び達した。

ビクッビクッビクッビクッと激しく肢体が震える。

「すげぇ。絶頂ってるぞ。ただ……ザーメン飲むだけで絶頂ってるぞ」

「あれが淫乱女って奴か？　最高だなぁ」

この有様を見つめる観客たちがゲラゲラと笑う。

「……………」

そんな観客たちの中で、ただ一人、遼平だけは泣いていた。何も言わず、涙を零していた。

（ああ……すまねぇ……。遼平……すまねぇ……）

張り裂けそうなほどに胸が痛む。自分が情けなくて情けなくて、仕方がなかった。

身を起こさねばならない。起き上がり、拳を握らなければならない。目の前の敵を打ち倒さねばならない……。

そのはずなのに――

「はぁっはぁっはぁっはぁ……」

（熱い、疼く……ま×こが……オレのま×こがうず……く……。あああ……ジンジンする……。あそこがジンジンして……これ……あああ、なんだ？　なんだこれぇ!?）

達したばかりの肉体がすぐに疼き始める。

達する前よりも全身が、秘部が、熱く火照っていく。

クパッとホットパンツの中で肉襞が開いていくのを感じた。

（欲しい……。欲しい……。欲しい……）

自分の身に何が起きているのかわからない。しかし、目の前のペニスを、射精してもなお衰えることのない肉棒を見つめてしまう。

挿入されたい。思いっきり膣を犯されたい――本能がそう訴えかけてきていた。

「欲しいの？　犯されたいんですの？」

「あ……あああ……」

囁くような声。距離だって離れている。それなのに、はっきりと御子神の声が耳に届く。

「構いませんわよ。犯されたいのなら……犯してあげますわ。貴女のま×こをペニスで刺し貫いてあげます」

「ま×……こを……ペニス……ち×こで……」

玲奈は処女だ。ペニスを突きこまれた時、女がどう感じるのか？　そんなことを知りはしない――はずなのに、犯すという言葉がとても甘美なものに聞こえた。ジュワアアッとホットパンツに隠された秘裂から愛液が溢れ出すのを理解する。

肉体が、女としての本能が、肉槍を打ちこまれることを望んでいた。

「欲しいでしょ？　犯されたいでしょ？」

「それは……そ……れはぁああ……」

「欲しいなら……認めなさい。自分の敗北をね。わたくしたちの……奴隷……そう、奴隷になりますと誓うの。そうすれば犯してあげますわ。最高の快楽を刻んであげますわよ」

「さ……いこうの……快楽……」

欲しい。欲しい。欲しい――肉体が欲する。

しかし、まだ理性は完全に死んではいない。

いけない。流されてはならない。間違っている。この感覚は間違っている。拒絶しなければならない。相手は敵なのだ。それに、遼平のためにも自分は勝たなければならない。絶対に……。

「はっふ……んふうう！　ふー。ふー。ふぅううう」

口唇を引き締める。

ケダモノのように荒い吐息を漏らしつつも、自分の本能を抑えこもうとする。

「我慢は身体に毒ですわよ」

「お……れは……我慢……我慢なんか……」

そう語りつつも、目の前のペニスから視線を外すことができなかった。

ただ見つめるだけではなく腰まで振ってしまう。

「自分に素直になりなさい。貴女の心が、身体が望んでいるものを受け入れなさい」

「なにも……オレは望んでなんか……」

「……さぁ、さぁっ！」

「オレは……オレはぁああああ」

疼く。秘部が熱を持つ。身体が凌辱を欲する。

「駄目だ！　負けるな！　玲奈ねぇ！　負けないでっ!!」

悲鳴のような声が上がったのは、その時のことだった。

声の主は、先ほどはもういいと言っていた遼平である。

今度は先ほどとは違い、負けないでと彼は叫んでいた。

「りょう……へぃ……」

涙で濡れた幼なじみの表情に、胸が痛む。

（お……れるな……。まけ……るな……。遼平を……救うんだろ!!）

改めて決意の炎を心に灯す。

「健気な子ですわね。死病に侵されてるなんて本当に可哀想……。だから、救ってあげてもよろしくってよ」

「――え？」

頭の中が真っ白になった。

「いま……なんて？」

聞き間違いか？　思わず問い返す。

「……聞こえませんでしたの？　救ってあげますと……そう言いましたのに」

「救う……ほ……本当か？　でも……どうやって……」

「御子神流は戦紋を突き、体内から人体を破壊する拳法。人の身体というものを知り尽くしていますの。現代医学のそれを遥かに超えるレベルで……。戦紋を治療方向に使えば、彼の病程度……治すことはわけありませんわ」

「そ……それなら……いま……今すぐにでもっ!!」

救って欲しい。それが可能であるのならば……。

「もちろん、救ってあげますわ。御子神の名にかけて約束致します。ただし……葛木玲奈……貴女が畠に敗北を認め、わたくしの奴隷になるのならばね。もちろん、あの子にも……遼平くんといったかしら？　彼にも、二度と会うことはできなくなる。それでも構わないというのであれば」

「そ……れは……それは……」

思わず客席の遼平を見つめる。

「玲奈ねぇ……」

幼なじみはずっとこちらを見つめていた。

目と目が合う。

（会えない？　遼平と？）

幼なじみとの別れを想像する。ギュッと胸を鷲掴みにされるような痛みを覚えた。

（でも、それで……救える。会えなくなっても……遼平を救えるなら……）

自分はどうなったって構わない。

遼平を救う――拳士になったのも、この大会に出場したのも、すべてはそのためだったのだから……。

玲奈は視線を目の前で屹立する晶のペニスへと向ける。

（御子神の言葉を受け入れれば遼平は助かるんだ。それに……オレは……これを……この……ち×こを……）

挿入れてもらうことができる。

犯してもらえる。

肉壺を刺し貫いてもらえる……。

「はぁあああ……♥」

半開きとなった艶やかな唇の間から、熱い吐息が漏れ出した。

「さぁ、答えを」

晶が問いかけてくる。

「お……れは……オレは……」

問いに応えるように口を開く。

「……れ、玲奈ねぇ？　だ……駄目だ！　駄目だよ！　玲奈ねぇっ!!」

この瞬間、遼平の声がコロシアム中に響き渡った。

「りょ……う……うへい……」

再び幼なじみを見つめる。

御子神との会話は聞こえていないだろう。けれど、彼が向けてくる絶望に彩られた表情は、玲奈がどんな決断を下そうとしているのかを理解しているものだった。

「お願い……。お願いだよ……」

何を願っているのかは口にはしない。それでも、彼が言わんとしていることは、すぐにわかった。

そんな幼なじみに玲奈は――

「……わりい」

一言だけ返す。

この言葉に、痛々しいほどに遼平は瞳を見開き、その身体を硬直させた。

そんな幼なじみの姿に表情を歪めつつ、改めて視線を目の前の晶へ――その背後に立つ御子神へと向ける。

「約束……絶対守れよ」

「……もちろんですわ。で……答えは？」

「それは……」

屹立したペニスを見つめる。

「はぁ……はぁ……はぁ……」

（仕方ねぇんだ。これは全部……遼平を助けるためだから……）

荒い吐息を響かせながら、心の中で言い訳しつつ――

「オレの……負けだ……。誓う。てめぇらの……奴隷になる……」

そう口にした。

「そう……よく言いましたわ。では、奴隷になった証として、わたくしの命じるとおりになさい」

ニタアアッと実に嬉しそうに御子神が笑う。晶のペニスが心なしか膨れ上がる。

そんな反応を耳にし、目にした玲奈が感じたものは、異様なほどの高揚感だった。

＊

「い……挿入れる……ち×こ……はぁはぁ……ま……ま×こに……挿入れる……」

観客たちに囲まれながら、幼なじみに見つめられながら、コロシアムの中央にてホットパンツを脱ぎ捨てると、紅い陰毛に隠された秘部を剝き出しにした。

露わになる秘裂――すでに陰唇はクパッと左右に開いている。ピンク色の肉襞が覗いていた。

その表面は失禁でもしたかのように濡れそぼっている。愛液に塗れた肉襞が呼吸に合わせるように蠢く様は、処女の肉壺とは思えないほどに淫靡で妖艶なものだった。

そんな肉花弁を猛々しく屹立した剛直の先端部に近づけていく。

(挿入る？　本当に挿入るのか⁉　こんなでけーのが？　オレの身体……裂けちまうんじゃないのか？)

欲しい。挿入れたい。肉棒を膣奥まで突き挿入れられたい――肉体は牡を欲している。が、さすがに躊躇を覚えざるを得ない。

「躊躇いなど捨てなさい。救うのでしょ？　彼を……。さぁ、お挿入れなさい」

(ああ……そうだ。救うんだ遼平を……。だから……仕方ねぇんだ。挿入れるしかないんだ……怖がってる暇なんて……）

救うためには仕方ない。免罪符のように心の中で繰り返しつつ――

「んっふ!!」

グチュッと肉先に膣口を密着させる。

肉花弁にペニスの熱気が伝わってくる。

（あああ……す……すげぇ……き……気持ち……いい♥）

触れただけでしかない。

だというのに、全身が蕩けそうになる。ガクガクと膝が震え、肉茎を伝って垂れ流れるほどに愛液が溢れ出した。達してしまうのではないか？　そう思うほどに性感を覚えている自分がいた。

ただ、ここで達するわけにはいかない。本番はここからなのだから……。

「はぁ……はぁ……はぁ……んっく……んふううう っ!!」

躊躇なく腰を下ろしていく。

「おお！　挿入る！　挿入っていくぞ!!」

「ま×こが開いてるのが見える……堪らんなぁ」

喜ぶ観客たちに、

「……うっく……ううう……玲奈ねぇ……うっうっ……うううう っ……」

涙を流す遼平に見せつけるように、肉壺で巨棒を咥えこんでいった。

「はいってくる！　オレの膣中に！　ち×こ！　ま×こにち×こが……は……いって……おっおっ！　く……くる!!　広がる！　オレの……膣中が広がってくぅうう！」

無理矢理膣壁が拡張されていく。下腹部に異物感を覚えた。身体の中に穴を開けられていくような感覚に全身が包みこまれる。

「はっぎ！　ひぎっ！　んぎぃいいい!!」

実際、ブチブチと身体が引き裂かれるような音まで聞こえたような気がした。

結合部からは破瓜の血まで溢れ出す。それと共に、悲鳴を上げてしまうほどの痛みまで感じた。

しかし、散々嬲《なぶ》られ、愉悦を刻みこまれ、焦らされ続けた肉体は、純潔を破られる痛みさえも肉悦として受け止めてしまう。

「な……んだこれ？　はふうう……い……いい！　すげぇいい♥　いてーのに……オレ……し……あっあっ……んふうう！　はぁっはぁっはぁっ……しょ……じょだったのに……初めてだったのに……か……んじる……。ち×こ……ああ！　ま×こ……ち×こで……き……気持ちよくなっちまってる♥」

肉棒のごつごつで肉壁が擦り上げられる。蜜壺の形をペニスの形に変えられていくような感覚が、脳髄まで蕩けてしまいそうなほどに心地よかった。誰の目から見ても明らかなほどに、破瓜の痛みではなく、セックスによる快感で表情が歪んでいく。

「気持ちよさそうですわね葛木。教えてちょうだい……いえ、教えてあげなさい。どう感じてるの？　自分でペニスをま×こで咥えこんで、どんな風に感じてるのかを観客の皆さんに、貴女の幼なじみに教えてあげるのよ」

「そ……れは……それはぁ……」

自然と視線が遼平へと向いてしまう。

視界に映りこむ幼なじみの表情は、感情が死んでいるのではないかと思うほどの絶望に彩られていた。

あまりに痛々しい姿だ。見たくない。本来ならば彼のこんな表情、見たいはずがないものだった。

そのはずなのにどうしてだろうか？

「はぁあああ……」

（熱くなる……身体が……おま×こが……熱くなってく……）

遼平の表情を見ていると、それだけでなぜかさらに肉体が火照っていくのを感じた。

肉壺を収縮させ、より強く、きつく、ペニスを締めつけてしまう。

「師匠の命令だぞ。さぁ、何を感じてるのか言うんだ」

そこに重ねて晶が命令を下してきた。

「か……んじてる……」

これに逆らうことなく、まっすぐ遼平を見つめながら口を開く。

「りょ……うへい……オレ……おっおっ！　お……れぇええ……感じてる！　感じ……ちまってる！　初めて……は……じめての……んっふ……はふぅぅう……せ……セックス♥　あっあっあっ！　セックス……なのに……挿入れた……あっふ……くふうう♥　い……れただけで……絶頂っちまいそうなくらい……はっふ……んふううう……か……感じちまってるよぉ♥」

伝える。幼なじみに、この世で一番大切な存在に、自分が感じている愉悦を伝える。

いや、ただ言葉にするだけではない。

「あっふ……んふうう！　み……見えるか？　これ……見えるか？　オレ……腰……はっふ……んっく……んっんっ――んんんん♥　こ……しが……う……ご……動いちまって……るんだぁああ……んんん！　あっあっ……あはぁあああ♥　気持ちよくて……止められねぇ……グチュッグチュッて……振っちまうんだよぉ」

見せつけるように腰まで蠢かせてしまう。

腰の蠢きに合わせてぐっじゅ、ぬじゅるっ！　ぐっじゅぐっじゅぐっじゅ――などという淫猥な水音が響いてしまうことも、パンパンパンッと腰と腰がぶつかり合う乾いた音色が響いてしまうことも厭わずに腰を振ってしまう自分がいた。

本当はこんな姿、見せたくない。男と繋がって悶え狂う姿を幼なじみに晒したいはずなどないのに――止められない。激しくリズミカルに腰をグラインドさせてしまう。なぜならば、気持ちがいいから。心地よいから。

「ごめん……はふうう♥　ごめんな……りょーへー♥　お前に……こんな姿……ほ……あっあっ……本当は見せたくねぇんだ。でも……だ……けど……あんんん♥　どうしようもねぇんだ。感じすぎて……ち×こ……よ……すぎて……あっ♥　あっ♥　あはぁあああ♥　オレ……オレぇぇぇぇ」

まるで牝と交尾する牡獣のような勢いで腰を打ち振るわせる。ズンッズンッと膣奥を膨れ上がった肉先で叩かれるたび、身体中が弛緩しそうなほどの悦楽を覚えてしまっていた。チカッチカッと何度も視界が明滅する。

「気持ちいい♥　ち×こ……いい♥　堪んねぇ♥　最高だぁ♥　でも……これだけじゃ……た……り……ない♥　ち×こ……だけじゃ……駄目だぁあ」

ピストンだけでもこれまで感じたこともないほどの悦楽を覚えてしまっていた。けれど、それだけでは満足できない。肉体は、本能はさらなる快感を求める。

「ペニスだけでは駄目？　それじゃあ……何をして欲しいんですの？」

「そ……れは……それは……」

何をして欲しいのか？　自分の身体は何を求めているのか――。

「射精……膣中に……ま×こに……射精して欲しい♥　ドビュドビュって……たくさん……流し……こんで……ほ……しぃいい♥」

口内には散々射精された。しかし、膣中射精がどんな感覚なのかはわからない。気持ちいいのか？　感じることができるのか？　そんなこと知らない。

そのはずなのに、肉体が、本能が、射精を求めていた。濃厚牡汁で肉壺をいっぱいにして欲しいと……。

「そう、射精して欲しいんですの……。であるのならば、自分が何をすべきか……わかりますわね？」

「ああ……ああっ！　ああっ♥」

御子神の言葉の意味をすぐに理解する。

何度も何度も頷きながら――

「んふうう！　あっふ！　あああああ！　あっ♥　あっ♥　あっ♥　あっ♥」

これまで以上にグラインド速度を激しいものに変えていった。

ドジュンッと膣奥まで肉棒を咥えこむたびに、ビュッビュッビュッと結合部から愛液が噴き出すほどの勢いで……。

この動きに観客たちのボルテージはさらに上がっていく。同時に、遼平の顔からは表情が消えていった。

（遼平……ごめん……ごめんな……オレ……弱くて……ごめん……。でも……だけどさ、これは……お前を……おおおお！　お……まえを……助けるためなんだ！　だから……見て……遼平……オレを……オレを見てくれぇ♥）

あまりに痛々しい姿である。それなのに、腰を止めることができない。それどころか見せつけるように腰を振ってしまう。振って振って振り続けてしまう自分がいた。

「うっく……いいぞ！　で……射精る！　射精るぞっ!!」

そこまでしたおかげだろうか？　ついに晶が限界を伝えてくる。

「あああ！　で……でかく……でかくなってる♥　オレの……な……かで……ち×ぽが……でかく！　膨らんでる♥　あああ……いい！　すげぇ……感じる！　射精して！　射精してくれ!!　オレ……の……膣中に！　射精してくれぇえっ♥」

射精る――その言葉を証明するように、腰の動きに比例するようにただでさえ大きかった肉棒がより肥大化してくるのを感じた。

そんな感覚に心地よさを感じつつ、襞の一枚一枚で肉棒を締め上げていく。言葉だけではなく、全身で射精して欲しいと訴えるかのように……。

「くぉおおおっ!!」

これに応えるように晶は吠えると共に――

「ふっひぃいいいい♥」

ドジュンッと自分から腰を突き出し、膣奥に肉槍を打ちこんできた。子宮を押し潰そうとしているのではないか？　と思うほどの勢いで……。

「ああ！　来た♥　で……射精てる！　これ……オレの！　オレのま×こに……せーえき……で……て……射精てるぅうう♥」

それと同時に射精が始まった。

ドクッドクッドクッと肉茎を痙攣させながら、肉壺に、子宮に、多量の白濁液を撃ち放ってくる。

「すっげ！　熱い！　これ……すげぇ熱い♥　ま×こ……火傷しそうな……く……らい……あちぃいい♥　でも……で……もぉおお！　いいっ♥　これ……いいっ♥　熱いのが……あづいのが……気持ちぃぃいいい♥」

下腹部に広がる熱気が快楽へと変換されていく。

「絶頂くっ♥　オレ……いっぐ！　いぐいぐいぐ――いぎゅううう♥♥♥」

抑えることなどできない。性感が弾けた。

「膣中《なかだ》射精し！　りょーへーの前で……な……かだひ！　せーえきドビュドビュま×こにだしゃれて……いってる♥　オレ……いってりゅうう♥」

嬌声を抑えることなどできない。

「いいっ♥　これ……こりぇ……いい♥　よしゅぎる♥　いい！　りょーへー！　こ

れ……すげぇいいよぉおお♥♥♥」

結合部からドブジュウウッと多量の愛液と共に、撃ち放たれた精液を漏らしながら、身悶える。

「あっひ♥　ふひぃいいい♥」

肉悦を抑えることなどできない。

快楽に蕩けた悲鳴を漏らしながら身悶える。

幼なじみや観客たちの前であっても構わずに、ひたすら肉悦に玲奈は溺れた。

トロンと瞳を蕩かせ、無様なまでに口を開き、肢体を痙攣させながら……。

「あっふ……はふぁあああ……はあっ♥　はあっ♥　はぁあああ♥」

そんな肉悦に蕩けるような有様は、射精が終わってもなお続いた。

身体中を汗塗れにしながら、何度も肩で息を吐く。

「よかったですわね。これであの子……助かりますわよ」

そんな玲奈に、御子神の囁きが届いた。

「あ……あはぁあああ♥」

これに玲奈は笑う。

心の底から幸せそうな笑みを浮かべて見せた。

眦からは涙を流しながら……。

準決勝　女騎士レイン、折れる心とアナル責め

(負ける……のか……私が……。こんな男に……御子神に……この私が……?)

闇の闘技大会準決勝にて、美しい金色の髪に、スラッとした肢体を銀と青を基調とする騎士服で包みこんだ少女、レイン＝サンセットは目の前の少女のような顔をした少年——桐谷晶の前に膝を屈していた。

全身を痛みが包みこんでいる。一方的に身体中に打ちこまれた晶の拳によって、肉体が悲鳴を上げていた。

サンセット流剣術——レインが使う技だ。その名の通りレインの武器は拳ではない。コロシアムを照らす照明を反射して輝く剣だった。

〝かつて〟は剣を握らせれば右に出る者はいないとまで謳われた騎士の名家サンセット。レインはそのサンセット家の現当主にして、歴代最強とまで呼ばれている。どの

ような強敵が相手でも決して敗れない。折れざる刃という二つ名さえ与えられていた。

その自分が一方的に打ちのめされている。しかも、一見するとまだあどけなさすら残る一人の少年に……。

明らかに自分より年下の少年に追い詰められるという状況。騎士としての矜持が打ち砕かれてしまいそうな事態だった。

「レインッ！」

そんなレインにセコンド席から声が投げかけられる。声の主は父親であり、レインにとっては剣の師でもある父——コルベール＝サンセットだった。

父の声にレインは表情を引き締める。敗北を認めるわけにはいかない。折れるわけにはいかない。なぜならば自分は折れざる刃なのだから——自身に活を入れた。

(駄目だ！　諦めるな!!)

(……まだだ……まだ……私は負けるわけにはいかない！　私は……こんなところで敗れるわけにはいかないだろぉっ!!)

剣で身体を支えながら立ち上がり、再び剣を構える。

このまま敗北するなどあってはならない。敗れてはならない理由があるから……。

サンセット家は確かに騎士の名家である。が、それはあくまでも〝かつて〟の話だ。現在のサンセットは完全に没落しており、以前の栄光など完全に失ってしまっていた。

原因はおよそ百年前、レインの曾祖父の代にある。

その当時サンセット家は栄華を極めていた。サンセットの騎士というだけで多くの人々に畏怖され、崇められていたという。それ故に曾祖父は傲慢だったらしい。いや、曾祖父だけでなく、一族の人間全員が……。

サンセットにあらずば人にあらず——という言葉まで残るほどに、当時のサンセット騎士たちは他の人間を下に見ていたらしい。人ではない。服を着た家畜であると……。

それでも人々がサンセットを畏怖するだけでなく崇めてまでいたのは、それだけの実力を持っていたからだ。

だが、そんな中で曾祖父は敗れた。

当時北欧で開かれていた剣闘士の大会にて、東洋からやって来た武器も持たない一人の拳士に……。

剣士の大会で拳士に敗れる。しかも一回戦だったらしい。その上、大会に出場していた他のサンセット騎士たちもその拳士の前に皆敗北し、剣を握れぬ身体にされてしまったと伝えられている。威勢を誇っていた者たちが全員無残に敗北した。これほど屈辱的なことはないだろう。不名誉なことはないだろう。

結果、サンセットを畏怖していた者たちは一斉に離れていった。栄華を極めた家はただの一度の敗北で没落することとなったのである。

没落に至った経緯は、正直言ってレインでも擁護することはできない。廃れるべくして廃れたのだ。

ただ、それでも――

(私はサンセットを復興させなければならない。父上のためにも母上のためにも!!)

自分を苦労して育ててくれた両親のためにも、必ずレインはサンセットを復興すると誓っていた。

貧しい家。貧しい暮らし。それでも二人は一生懸命レインを育ててくれた。

『お前はサンセットの後継者だ。名誉ある騎士なのだ。どんな暮らしであったとしても、その誇りは捨ててはならない』

サンセットに生まれたというだけで蔑まれた幼少期。だが、腐らずに成長できたのは、父や母の教育のおかげである。自分がここまで――折れざる刃という二つ名を与えられた上、闇の闘技大会に招待されるまでの騎士に育つことができたのは二人のおかげなのだ。

その二人に恩返しをしたい。だからこそ、この大会に優勝する。

(地下コロシアム――ここの存在は我が国でも知られている。この大会で優勝すれば、凄まじい名誉だ。それこそサンセットを復興させることくらい、簡単にできるほどに……)

父と母のためにも負けない。絶対に……。

（いや。それだけじゃない。御子神には……御子神だけには負けられない）

かつて曾祖父を破った東洋人が使った拳法――それが御子神流なのである。

（サンセットは騎士の名家であると同時に剣術の名家。同じ技に二度も敗れるわけにはいかないっ!!）

レイン＝サンセットは再び剣を構える。

「おおおおおっ!!」

これに観客たちが歓声を上げた。

コロシアムを埋め尽くす群衆たち――彼らは一様に何かを期待するような表情を浮かべている。ただ、期待という言葉からは想像もできないほど、彼らの視線はギラついたものだった。鼻息も荒い。舐め回すようにレインの全身を見つめてくる。

（ゲス共め……）

彼らが期待しているものをレインは理解していた。

観客たちが見たがっているものは凌辱だ。レインが犯される姿だ。

（四回戦……御子神はこの男……桐谷晶を使って対戦相手を穢させた。この場で、散々に辱めた……。こいつらはその再現を願っているんだ）

晶と葛木玲奈の試合はレインも見ている。思い出すだけでも吐き気を催すような戦いだった。

あれを観客たちは願っている。レインが犯されることを……。

（しかし……私は貴様らの思うようにはならない！　私の剣は負けない！　御子神などには絶対にっ!!）

決意と共に切っ先を目の前に立つ晶へと向けつつ、一度レインは試合中であるにもかかわらず瞳を閉じると、静かに深呼吸した。

（見ていて下さい。父上……母上……。私は必ず勝ちます）

自分にとって最も大切な二人に心の中で必勝を期しながら、閉じていた瞳を開いた。

「いくぞ」

心を晴れた日の水面のように平静にしつつ、静かに目の前の男に告げる。

「来なさいサンセット。再び屈辱を教えてあげますわ」

応じたのはセコンド席の御子神だった。距離は三十メートルは離れているだろうか？　だというのに、彼女の声をはっきりとレインは認識する。

だが――

「はぁあああああっ!!」

レインは御子神を一瞥もすることなく、大地を蹴った。

自分の敵は御子神流――しかし、御子神紅葉ではない。

ただ桐谷晶だけを睨み、彼に向かって斬りかかった。

絶対に勝つ。サンセットを復興してみせる——その想いと共に……。


「……な……ぜだ……どうして？」

だが、結果は無残なものだった。

剣が吹き飛ばされ、後方の地面に突き刺さる。レイン自身も再び膝をつくこととなっていた。

（すべて見切られている。サンセットの剣が通じない……。どうして？　なぜ⁉）

わけがわからない。自分は夢でも見ているのではないか？　とさえ思ってしまう。

だが、技のすべてを躱され、いなされ、反撃されてしまったことを否定できない。

それほどまでに全身が痛んでいた。

「なぜ？　どうして？　うふふふ……そんなの当然の結果ですわ」

「どういうことだ……御子神……」

「簡単なことだ。俺はあんたの技を全部知ってるんだよ」

目の前の晶が答える。

「私の技を知っている？　ど……どういう意味だ？」

「御子神は一度戦った敵の技は徹底的に分析する。それを次代へと継承していくんだ」

「な……それじゃあ……まさか……」

「そのまさかですわ。サンセットはすでに御子神が破った剣。たとえ遣い手が違おうとも、技が一緒であれば絶対に負けることなどありませんの。おわかり？」

「そ……んな……」

戦う前から分析されていた？　徹底的に？　すべて見切られるほどに？

「それが御子神千年の歴史って奴だよ。で、どうする？　負けを認めるか？　俺はその方がいいと思うけどね」

「なん……だと……!?」

「あまり言いたかないけど、俺は師匠には逆らえない。あいつがしろと命じたことには必ず従うしかないんだ。でもって……このまま意地を張れば、あいつは間違いなく俺に……」

それ以上晶は口にしない。

けれど、彼が言いたいことはすぐに理解できた。

（葛木玲奈……彼女にしたことと同じことを私にもするということか……）

この場で凌辱される。観客たちの前で、両親の前で――想像するだけで鳥肌が立つ。

百年前の敗北などかすむほどの辱めだ。

（だが……私は……）

負けるわけにはいかない。絶対に優勝しなければならないのだ。

「レイン駄目だ！　もうやめろ！　お前の負けだっ!!　これ以上は続けるなっ！」

心の中に抱いた決意に気付いたのだろうか？　セコンド席の父が絶叫する。

「父上……私は……必ずサンセットを復興させてみせます!!　ですから……すみません」

敗北を認めなければ必ず勝機は訪れるはずだ。だから認めない。これから敵にされるだろうことを予測はしつつも、レインは父の言葉を拒絶した。

「……意地を張りますわね。でも……そうでなければ面白くない。うふふ、レイン＝サンセット……貴女の心……必ず折って差し上げますわ。晶」

御子神が晶に命を下す。

「……悪いな」

これに応えるように、晶がゆっくりと膝をつくレインへと近づいてきた。

「謝る必要などない。最後に勝つのはこの私だ！」

何をされようが、どんな辱めをなされようが敗北などしない。耐えてみせる。耐えて耐えて耐え抜いて、必ず最後に逆転してみせる。

強い意志の炎を、レインはその瞳に灯した。

＊

晶の行動は実にシンプルなものだった。

地面に膝をついていたレインを仰向け状態で押し倒すと、無理矢理両足を開いてくる。クパッと開く足。その上でレインが身に着けている騎士服を力ずくに引き裂いてきた。

ムチッとした白い太股も整った乳房も露わにされてしまう。必勝を期した赤いショーツまで……。

「このっ！　や……やめろっ!!　騎士に対してこのような辱め!!」

顔が真っ赤に染まっていく。大勢の人間に囲まれた状態――しかも父親の前で下着を露わにされるなど、耐えがたいほどの辱めだった。やめろと声を上げつつ、藻掻く。が、いくら強力な剣技を誇る騎士とはいえレインは女である。どれだけ足掻いても男である晶をはねのけることなど不可能だった。

「……やめて欲しいか？　ならば、負けを認めるか？」

「だ……黙れ！　私は負けないっ!!」

「なら諦めろ」

どこまでも冷たい言葉と共に晶はこちらのショーツに手を伸ばすと、これも容赦なく引き千切ってくる。

陰毛の一切生えていない、一見すれば子供のよう――とすら思ってしまうような秘部が、敵の前に、観客たちの前に、父の前に剝き出しにされた。

「へぇ……貴女、パイパンでしたのね」

これを見た紅葉が人を小馬鹿にするような表情を浮かべる。

「生えてない！　生えてないぞ！」

「綺麗なスジが見える。堪らんなぁ」

観客たちも歓声を上げた。

皆の視線が自分の秘部に集まっている。あまりに恥ずかしい状況に、顔が真っ赤に染まっていく。

「見るなっ！　見るなっ!!　離せっ！　斬るっ！　斬るぞっ!!」

「……それができるならやればいい。これは勝負だからな。だが……できないのならば諦めろ」

そう語りつつ、晶はこちらを抑えこみながら器用に自身の下半身に手を伸ばすと、躊躇なくズボンと下着を脱ぎ捨てた。

ビョンッと跳ねるように巨大なペニスが剝き出しとなる。

「なっ！　し、しまえっ！　そのような不浄なもの！　この私に見せるなっ!!」

巨大すぎる肉棒が視界に映った途端、条件反射のように身体を一瞬硬くしてしまう。

が、それはあくまでも一瞬でしかなく、強い言葉と殺気を晶へと向けた。

しかし、どれほど強い言葉や殺気を向けても、敵は動じない。それどころかただでさえ大きく屹立した肉槍をさらに硬く、熱く膨れ上がらせながら、その先端部をこちらの秘裂へとグジュッと密着させてきた。

「ひっ！」

女にとって最も大事な部分が火傷してしまうのではないか？　とさえ思ってしまうような熱気が伝わってくる。思わずビクッと身体を震わせてしまう自分がいた。

「挿入れるぞ」

「な……んだと？　む……無理だ！　挿入るワケがない!!　こんな大きなものが……挿入るはずが……」

「お前の答えは聞いていない」

どこまでも冷酷で容赦というものがない。

なんの躊躇もなく、まだ濡れてすらいない肉壺にペニスを挿入してこようとする。

「や……やめろっ！　貴様っ!!　我が娘に手を出すなぁああっ！」

その刹那、セコンド席の父が声を上げた。いや、声だけじゃない。腰にぶら下げていた剣を引き抜く。

「駄目ですわよ。いくら反則のない闇の闘技大会とはいえ、セコンドが手を出してはいけませんわ」

だが、父は拘束されてしまう。いつの間にか接近していた御子神の手によって……。

「離せっ！　貴様……離せぇええっ!!」

「一緒に見ましょうお父様。貴女の娘が女になる姿をね」

どこまでもゲスな女だった。

「さぁ、やりなさい晶」

笑顔で容赦のない命令を下す。

「駄目だ！　手を出すなっ!!　娘には手を出すなぁああっ！」

父の絶叫が響いた。これまで聞いたこともないほどに痛々しい声——耳にしているだけで、胸が張り裂けそうになる。

「離せっ！　私からはな……れろぉおおっ!!」

自分のことよりも父が心配だった。父親の悲しむ姿など見たくはない。故に、だからこそこれまで以上に力をこめ、晶をはねのけようとする。

けれど、やはりそんなことは不可能であり——

「あっぎ！　ひぎっ！　あぎぃいいいっ!!」

ついに挿入が始まってしまった。

「あああ……む……り……無理だ！　こんな……あぐうう！　こ……んなの無理!!

壊れる！　わた……はっぐ……ふぐううう！　わ……たしの……身体が……こわ……壊れるっ！　壊れて……しま……うぅううっ!!」

突き出される腰。まだ濡れていない、ぴっちりと閉じたままの秘裂を、ちょっとした子供の腕くらいはありそうなほどに巨大なペニスで、容赦なく拡張してきた。

「裂けるっ！　わたしの……おおお！　か、身体が……さけ……裂けてしまう！」

裂けるという言葉は決して比喩ではない。下半身を中心として、身体がペニスで二つにされてしまうのではないか？　本気でそう思うほどの圧力と痛みを感じた。走る痛みと苦しみに、コロシアム中に悲鳴を響かせる。

「大丈夫だ。人間の身体はこれくらいじゃ壊れない」

だが、どんな悲鳴も敵には通じなかった。どこまでも冷徹に、さらに奥まで肉槍を挿しこもうとするように、より腰を蠢かしてくる。

「あっぐ！　ふぐっ！　あっあっあっ――あぎぃいいっ!!」

痛々しいほどに肉穴が拡張される。同時にブチブチと身体の中の何かが千切られるような音が聞こえた。

結合部から破瓜の血が溢れ出す。

「や……やめろっ！　やめろぉおおおっ!!」

この有様を見て父が響かせるものは、慟哭《どうこく》だった。

「悲しむ必要などありませんわお父様。むしろ喜んで下さい、娘が……貴女のレインが本物の女になったのですよ」

「黙れっ！　黙れっ！　黙れぇぇえっ!!」

父は必死に御子神の拘束を振り解こうとする。

しかし、振り解けない。

一体どういうことなのだろうか？　御子神は拳士としては明らかに小柄だというのに、鍛え上げられた騎士である父の抵抗などものともしていなかった。涼しい顔で押さえこみを続ける。

そのようにして拘束される父の前で——

「あああ……お……奥っ！　ふっぐ！　んぐううう！　わ……たしの……奥に……奥まで……は……いってる……。こんな……大きいものが……は……いって……し……しまっているぅううう」

ついには子宮口に触れるほどまで膣奥に、肉槍を挿しこまれてしまった。

「ほら、壊れなかっただろ？」

「だ……まれ！　あっぐ……ふぐううう！　黙れぇえ！　ぬ……抜けっ！　これを……こ……れを……抜くんだぁああ！」

「それは駄目だ。本番はここからだからな」

「ほ、んばん？　これ……はぁっはぁっはぁっ……こ、れいじょう……なにを!?」

「こうするんだよ」

疑問に対して言葉ではなく行動で晶は答える。

「あ……ふっぐ！　あぐううっ！　ひぎっ！　んっぎ！　はぎぃぃいっ!!」

始まったものはピストンだった。

レインが処女だったなどということや、未だ濡れていないなどということは、まるで考慮してくれない。

ただ自身の快楽を追い求める――とでも言うように、それほど激しい動きではないものの、腰を何度も前後させてきた。

膨れ上がった肉槍が、キュッときつく締まった膣道を容赦なく擦り上げてくる。大きく開いた肉傘が襞の一枚一枚を引っかけ、引っ張ってきた。覚えてしまうものは、ゴリッゴリッと肉壁を削られているような感覚だった。

「と、まれ！　駄目だ！　こんな……あぐうう！　こ……んなの……だ……めだ!!こわ……れる……私の身体が……滅茶苦茶に……なるっ！」

「当たり前だ。滅茶苦茶にしてるんだからな」

どんな言葉を向けたところで意味などない。

「ふっぎ！　んぎぃいいい！　うっぐっ！　ぐっぐっぐっ――ふぐぅううっ!!」

晶は腰の前後運動を止めてなどくれなかった。

それどころか、だんだんと腰の動きを激しいものに変えてくる。いや、それだけじゃない。ジュボッジュボッジュボッと腰を打ち振るうたびに、肉壺に挿しこんだペニスをより大きく、硬く、膨れ上がらせるなどということまで……。

(これ……お……大きくなってる！　わた……しの膣中で……ぺ……ペニス……こいつの……ペニスが大きくなっている!!　大きい……大きすぎる……こんな……私のお腹が……ぱ……パンパンになるっ)

ペニスが一回りも二回りも肥大化する。下腹部が破裂してしまうのではないか？　などということさえ考えてしまうほどの圧迫感を覚えた。塞がれているのは膣口──だというのに、本当の口さえ塞がれているような気さえしてしまう。

「し……ぬ……こんなの……あぐぅう！　ふっぐ……んぐぅうう！　し……んで……死んでしまう!!　だから……頼む……ぬ……け……抜いて……抜いてくれぇえ」

「抜いて欲しいか？　なら……負けを認めるか？」

「そ……れは……それは……」

敗北を認める──即ちサンセット復興を諦めるということだ。

「いやだっ！　私は……負けないっ!!　き……さま……貴様など……にぃい！」

「そうか……。ならば……射精すぞ。お前の膣中に射精す」

「だ……す？　何を？　な……にをだ!?　まさか……まさかぁああっ!!」

女ではなく騎士として生きてきたレインではあるけれど、男と女の身体や、男女の行為について最低限の知識くらいは持っている。故に、射精すという言葉の意味をすぐに理解することができた。

「駄目だ！　それは！　そ……れだけは！　それだけはぁああっ!!」

「悪いがもう止まれない」

どんな悲鳴を上げたところで、聞き入れてはもらえない。それどころか、こちらが上げる悲鳴に興奮でも覚えているかのように、より激しく、さらに奥にまで、晶は幾度もペニスを突きこんできた。一突きごとに亀頭を膨張させながら……。

（大きくなってる……。それに……私の膣中で……ビクビクふる……えてる……。こいつ……ほ……本気で……わた……しの……膣中に!!）

男の射精がどういうものかは知らない。それでも、本能的にそれを察した。

「殺す！　出せば……射精せば殺すぞっ!!　斬るっ！　あっぐ……ふぐっ……あふうう！　ほ……本当におま……えを斬るっ!!　だから……抜けっ！　んっぐ……、くふううう！　ぬ……けぇええっ！　膣中は……膣中にだけは……やめ……やめろぉおおおっ!!」

それは脅しであり、懇願――けれど、届かない。

「さぁ、受け止めろ。俺のすべてを！」

無慈悲な言葉と共に――

「ふっひ！　くひぃいいいいっ!!」

射精が始まった。

「で……て！　ふっひ！　んひぃいいいい！　で……てる！　膣中に！　わた……しの膣中に……ドクドクって……熱いのが……で……てるぅううっ!!　こんな……こんなことって……こんな……あぁあ！　こ……んなぁああっ!!」

肉茎がドックドックドックドックと何度も痙攣を繰り返す。それと共に肉先から多量の熱汁が撃ち放たれ、肉壺に流しこまれた。

熱湯なのではないか？　とさえ思ってしまうような熱気が下腹部に広がる。膣壁越しに、子宮壁越しに、熱汁が身体に染みこんでくるのを感じた。

女にとって最も大切な部分が汚されていく。穢されていく。しかも、実の父親の目の前で……。感じるものは、耐えがたい苦しみだった。

が、苦しみを覚えたところで、感じたところで、現状から逃れることはできない。

「はっぐ！　んふぅう！　ふっふっ！　くふぅううっ!!」

屈辱に表情を歪めながらひたすら耐える――などということしか、今のレインにできることはなかった。

それからどれだけの時間が過ぎただろうか？

「あっ……あっ……あぁあああ……」

ようやく射精が止まった頃には、子宮内があまりに多量に撃ち放たれた精液のせいで、タプタプになってしまっていた。

（こんなに……射精された……。父上の前で……こんなに……）

肉壺だけでは受け止めきれなかった精液が、結合部からゴポリゴポリと溢れ出す。あまりに屈辱的で無様な状況。眦からはボロボロと涙が零れ落ちた。

「……たっぷり膣中射精しされて涙を流す……哀れですわね。でも、その程度で泣いていたらこの先保ちませんわよ」

「この……先？　な……何を言って？」

「晶がたかが一回の射精で満足すると思ったら大間違い――と、いうことですわ」

「――へ？」

頭の中が真っ白になる。一瞬、御子神の言葉が理解できなかった。冗談を言っているのだろうか？　などということさえ考えてしまう。

しかし、すぐにそれが冗談ではないことをレインは理解することとなった。自分自身の身体で……。

「あっふ！　ふぐうう！　あっあっあっ！　う……嘘！　また……ふっぎ……いぎい

いいっ！　ま……た……うご……動き出した!!　ぺ……にす……ああああ！　ペニスが……私の……な……かでぇええええ」

再びピストンが始まる。

射精を終えても萎えることなく屹立し続ける肉槍が、容赦なくレインの肉壺をかき混ぜてきた。先ほど自分が流しこんだ白濁液をカリ首で掻き出そうとしているかのような勢いで、ドッジュドッジュドッジュと……。

「こんな……駄目だ！　もう……やめろ！　やめて……やめてくれぇええええ!!」

肉体を襲う苦しみ。レインの口からはまたも悲鳴が漏れ出した。

だが、止まらない。何を訴えても、やはり届きはしない。

それどころか、レインの悲鳴により強い興奮を覚えているとでもいうかのように、腰の動きはさらに激しくなり、ただでさえ大きかった肉棒がより膨れ上がってきた。

「お……おきく……なってる！　また……わ……たしの膣中で……ペニスが……おお！　大きくぅううっ!!」

当然先ほどまで以上に圧迫感が強まる。ただでさえ押し広げられていた膣口が、より拡張されていった。本当に裂けてしまうのではないか？　傍から見ている人間ですら、そう思ってしまいそうなほどに……。

ただ、それほどに肉棒は大きくなっているのに、打ち振るわれる肉棒の動きは明らかに最初の射精時よりもスムーズなものになっていた。ずっちゅずっちゅずっちゅという卑猥な水音が腰の動きに合わせて周囲に響く。

「あらん？　もしかして……濡れてきましたの？」

御子神が勝ち誇ったようにそう呟いた。

「なっ⁉」

「ほら……お父様……見えますか？　貴女の娘さん……濡らしてますわよあそこを。無理やり犯されて……ま×こを濡らしてますわよ」

わざわざ父にそう囁く。

「ち……がっ！　ふっぐ！　あぅうう！　わ……たしは……濡れて……濡れてなんかいない！　これは……違う！　違うのっ!!　父上、ち……がいますぅうっ！　そんな……んぐうう！　そんな女の……言葉……聞かないで！　聞いては駄目ですっ!!」

あそこが濡れるということの意味くらい理解している。犯されて秘部を濡らすなど、決してあってはならないことだった。

それを必死に伝える。違うのだと父に訴える。

(濡れる？　私が？　あり得ない！　あり得ないわっ!!　これは……このグチュグチュッてお……音は……射精された……さっき流しこまれた精液のせいだ！　だから違うっ！　違う違う――違うっ!!)

父にだけではない。自分自身にも何度も言い聞かせた。

だが、そんなレインを嘲笑うかのように、ピストンのたびに響くずっちゅずっちゅという音色は大きくなっていく。そのような状況変化に比例するように、肉棒が打ち振るわれるたびに感じていた苦しみまでもが、だんだんと薄れていった。

（どういうことだ？　これ……痛みが……消えてく？　なんで？　こんな……大きなもので犯されてるのに……どうして、く……るしみが……消えていく？）

いや、それどころじゃない。

苦痛の消滅どころか――

「あっふ！　んふうっ!!　あっあっあんんんっ」

どこか甘みを含んだ嬌声を漏らしてしまう。

なんだか身体が痺れるような、蕩けるような――明らかに快感を伴った感覚まで、レインの身体は覚え始めてしまっていた。

「あらん？　可愛い声まで出てきましたわよ。もしかして貴女……感じてますの？　無理矢理犯されるという状況で、気持ちよくなっちゃってますの？」

「な……なにを……んっふ！　馬鹿な！　馬鹿なこ……とをぉおお！　あっふ……んふうう！　あっあっ――はふんっ」

「馬鹿なこと？　そんなエッチな声を出しながら言われても、説得力なんかありませんわよ」

「うっく……くううっ！　ふっく……んふうう！　ふうっふうっふぅううっ!!」

慌てて唇を引き締める。

(確かに御子神の言うとおりだ……。変な……こ……声を出したら、誤解される。感じてなんか……い……ない……。ただ、つらいだけなのに、変な誤解をされる。客に……敵に……父上に……だから……だ……から……耐えろ！　耐えろぉおっ!!)

犯されて愉悦を覚えてしまっているなどという〝誤解〟を与えるわけにはいかない。だから嬌声を抑えこもうとする。耐えようとする。

「むふうう！　ふっく！　んふーんふーんふーっ!!」

ズンッと膣奥を突かれるたびに、身体が弛緩しそうになってしまうような感覚に全身を包まれつつも、必死に悲鳴だけは抑え続けた。

だが、そんなレインを嘲笑うかのように、よりピストンは激しさを増していく。しかも、未だ膣奥を突いてくるだけではない。ドジュッドジュッドジュッという腰の動きに合わせて、亀頭を膨れ上がらせてきた。

「こ……れ……あっぐ……んっんっ——んんんっ!!　ま……また……またおお……きく……な、なってる……。私の膣中で……また……ペニスが……まさか……これ……まさかぁあああ!!」

最悪の想像が脳裏をよぎる。

先ほどの悪夢を――膣中射精しの絶望を思い出してしまう。

「そのまさかさ……当たりだ。射精す！　射精すぞ!!　また……お前の膣中にっ!!」

「だ……駄目！　駄目だ！　それは……やめろ！　やめろぉおおっ!!」

悲痛な悲鳴を響かせる。

が、晶は止まらない。ドジュッと容赦なく腰と腰がぶつかり合うほど奥まで、根元まで肉槍を蜜壺に挿入してきた。

「ふひぃいっ!!」

強すぎる衝撃に、思わず瞳を見開く。

刹那、ドクッドクッドクッと震える肉棒から、再び白濁液が撃ち放たれた。

「で……てる！　これ……また！　まった……わ……たしの……あっあっ！　わた……しの……膣中に！　熱いのが……せーえきが……射精てるぅううっ!!」

すでに一回射精しているとは思えないほど、多量の精液が流しこまれる。一瞬で子宮を埋め尽くし、膣まで満たすほど多量の射精だった。またも下腹部に熱気が広がる。

（なんだ？　これ……どうしてだ？　真っ白になる！　私の……頭が……真っ白に……なるっ！　なんだ？　なんだこれぇええっ!?）

それと共に身体中が痺れるような刺激が走った。思考が揺らぐ。身体が溶けてしまうのではないか？　などということを考えてしまうような感覚だった。無理矢理犯され、膣中射精しまでされている状況なのに、なんだか心地よくさえ思えてしまう。

わけがわからない。理解できない。ただ、理解できぬがままに――

「あっひ！　んひっ！　ひっひっ！　はひぃいいいいっ!!」

ビクッビクッビクッビクッと肉棒の痙攣にシンクロさせるように、自身の身体をいくたびもレインは震わせた。

切なげに眉根が寄る。キュウウウッと蜜壺が収縮していく。白い肌がピンク色に染まっていった。

「はふうう……んっふ……はぁあああ……」

身体中から力が抜けていく。半開きになった口からは、熱い吐息が漏れた。

「……その顔、とっても気持ちよさそうですわね。もしかして貴女……絶頂ったの？」

「い……絶頂った？　わ……はぁ……はぁ……わた……しが……？」

絶頂く――その単語の意味を一瞬理解することができなかった。

「ば……馬鹿な……ば……かなことを……いうなっ！　ふざけたことを……口に……す……するなぁ！」

だが、すぐに御子神に対して否定の言葉を口にする。受け入れられる類いの言葉ではない。

気持ちよくなる？　無理矢理犯されて？　あり得ない！

「……否定なんか無駄ですわよ。そのことを思い知らせてあげますわ」

しかし、いくら否定したところで御子神は動じない。それどころか、楽しげに笑いつつ、意味深な視線を晶へと向けた。

「何を？　ま……さか……はぁ……はぁ……まだ？　まだする……つもりなのか？」

「……それが師匠の命令だ」

「やめろ……これ以上は……もう……やめろっ！」

「だったら負けを認めるか？」

「それは……」

負けを認めればこの辱めから解放される？　一瞬心が揺らいだ。

が、それはあくまでも一瞬でしかない。

「私は……はぁはぁ……ま……負け……ない……絶対……ぜ……ったいにぃ！」

「そうか、なら諦めろ」

無情な宣告だった。

「うふふ、さて、いつまで貴女が敗北を認めずにいられるか、快楽を認めずにいられるか……それがとっても……とぉおおってっても楽しみですわぁ」

楽しげに御子神が笑う。

「……私は……負けない……。それに……快楽など……覚えない!!」

最低な女だ。クズのような女――こんな奴には負けない。負けてはならない。自分は誇り高き騎士なのだから……。決して折れない刃なのだから。

瞳に強い意志の光をこめながら、鋭い視線で御子神を睨んだ。

だが――


「んっひ！　くひぃぃ！　あっあっあっあっ――んひぃぃぃっ！」

萎えることなく屹立し続ける肉槍で肉壺を蹂躙され続ける。ドッジュドッジュと激しく肉棒で秘部をかき混ぜられた。

巨棒が膣奥を叩き、肉襞をゴリゴリと擦ってくる。すると、それだけで全身から力が抜けていくのを感じた。肉壺が蕩けるような感覚が走る。負けない。快楽など覚えない――そう誓ったはずなのに、全身を駆け抜けていく刺激によって感じてしまっているものは、明らかに快感だった。

突きこみに合わせて胸を揺らし嬌声を漏らしてしまう。結合部から愛液を分泌させ、まるでさらなる凌辱を求めるように肉壺を収縮させ、ペニスを締め上げてしまう。

「負けない……そう言ってたくせに感じてるぞ」

「しょせん騎士などと言ってもただの牝だったたってことか？」

この様を見て観客たちが笑った。

（どうしてだ？　な……ぜだ？　耐えねばならないのに……どうして……こ……こんな……あああ……こんなに……身体からちか……ら……が、抜ける？　身体が熱くなる？　なぜ……こんなに……き……気持ちよく……なってしまうんだ？）

自分でも感じていることを認識できてしまっていた。

（感じるな！　かん……じては……駄目だっ!!）

必死に自分自身に言い聞かせる。

しかし、そんなレインを嘲笑うように続くピストンによって肉体に刻まれる愉悦は、意思の力などではどうすることもできないほどに強烈なものだった。

「んっひ！　はひぃい！　だ……め……駄目……なのに、私……あああ……このままじゃ……わ……たし……あああ！　来る！　なんか……すごいのが……来るぅう!!」

先ほど膣中射精しされた時に覚えた感覚に似たものが膨れ上がってくる。

「絶頂くの？　絶頂きますの？　そんなに感じてますのぉ？」

「ち……がうっ!!　私は……かん……じ……て……などぉおお！」

説得力などまるでないが、それでも性感を否定する。

が、そんなタイミングで――

「ふっひ！　またっ！　これ……また――またぁあああっ!!」

晶による射精が再び始まった。

「駄目！　射精てる！　おおおお！　膣中に……流れこんで……くるぅうう!!　ああ
あ！　駄目！　これ……駄目……駄目駄目……あっあっあっ――ふひぃいいいいい」

ドクッドクッドクッという痙攣と共に性感が爆発する。

「あっあっあっ――はへぁあああああ」

(気持ち……いい……。これ……すごぃいい♥)

快感に全身が包みこまれていく。蕩ける表情――瞳が潤み、半開きになった口から
は唾液が垂れ流れる。その顔は、誰が見ても愉悦に溺れているようにしか見えないほ
どにだらしないものだった。

「ほら、絶頂った」

「い……絶頂って……など……い……はぁ……はぁ……ない……。私は……い……絶
頂ってなどぉおお」

それでも否定する。絶対に認めるつもりなどない。

「……それでこそですわ♪」

ただ、否定したところで敵に喜びをもたらす結果にしかならなかった。

「おおお！　また！　ま、た……動き出したっ!!　わ、たしの膣中で！　ペニス！
ペニスがまたぁああ!!」

いや、それどころか、さらなる凌辱まで呼ぶことに……。

「ふひぃいいい！　で……てる！　膣中に……また……ドビュドビュで……てるぅう！　これ……駄目！　あっあっ——あひぁあああ♥」

射精される。

「ふほぉおおお!!　流しこまれる♥　膣中に……なが……し……こまれて……これ……駄目！　おかしくなる！　わ……たしの頭……真っ白に……なりゅうう♥♥♥」

射精される。

「止まらない♥　ザーメンとまらなひぃいい♥　どんどん来る！　膣中が……わた……しの……ま×こがいっぱいに……なりゅう♥　ザーメンでタプタプにされるっ！　んっひ！　ふひっ！　ほひぃいい♥♥♥」

射精される。

一発二発、三発、四発——一体何度射精されただろうか？　わからない。わからない、わからない。

数さえ数えられなくなるほど多量に、何度も何度も肉壺を満たされた。

（い……いい♥　こんな……こ……んにゃの……駄目なのに……いひ♥　いひのっ♥　こ……れ……よすぎるのぉおお♥♥♥　きも……ち……よすぎて……私が……あっあ

っ……わ……たしで……なくなるぅう♥　そんなのいやっ！　いやなのに……ああああ……だ……めなのに……いいっ♥　いひのぉおお♥）

決して口には出さないけれど、延々と続けられる射精によってどうしようもないほどの愉悦をレインは覚えてしまっていた。

「わ……たしは……認めない！　負けない！　貴様らにゃんかに……わ……たしは……まけなひぃいい♥」

だが、そんな状況でも敗北は認めない。

負けない。絶対に——その想いだけでレインは自身を支え続けていた。

＊

「おっほ♥　ほぉおお……おっ♥　おっ♥　おっ♥」

ようやく満足したらしい晶がペニスを引き抜く——その頃には、レインの下腹部はまるで妊娠でもしたかのような有様となっていた。

尋常でないほどに流しこまれた白濁液で、下腹部が不気味なほどに膨れ上がっている。パンパンのボテ腹とでもいうべきか……。

仰向けで足を蟹股に広げながら、膨れ上がった腹を抱えてヒクヒク震える。

「し、ぬ……お腹……破れる……。わ……たひのお腹がぁああ♥」

内部から腹が破裂してしまうのではないか？　本気でそう思ってしまう。

ただ、何度も性感を刻まれたせいなのか、その苦しみにすら愉悦を感じてしまっている自分がいた。

「お腹が破れて死ぬ……可哀想ですわね。助けてやりなさい晶」

そんな有様のレインを見つめながら実に楽しげに御子神が呟いた。

「……た……しゅける？　これ……以上……にゃにを!?」

嫌な予感しかしなかった。

実際、それは当たってしまう。

御子神の言葉に従うように再び近づいてきた晶によって――

「ふっほ！　おほっ！　くほぉおおおおっ!!」

膨れ上がった下腹部を容赦なく踏まれた。

凄まじい圧力がかけられる。

この圧迫に押し出されるように、ぱっくり開いた膣口からドビュバアアアッッと多量の白濁液が溢れ出した。

「おおおお！　も……れでるうう！　ザーメン！　わだひのおにゃかから――じゃーめんもれでりゅうう♥　しゅごい！　これ……しゅごひぃいい♥」

(気持ちいい♥　感じる！　こんな……わだひ……こんなことでも感じちゃうぅ♥)

あまりに酷すぎる状況。だというのに性感を覚えてしまう。こんなことですら、肉悦を知ってしまっている肉体は、どうしようもないほどの快感を覚えてしまっていた。

「随分な有様ですわね。どうです？　負けを認める気になりました？」

股間から白濁液を漏らしつつ肉悦に肢体を震わせながら、瞳を見開き、開きっぱなしの口からだらしなく舌を伸ばすという無様な絶頂顔を晒すレインを御子神が嘲笑してくる。

そんな敵から向けられる言葉に、一瞬心がぐらついた。

「だ……まれ……だまりぇぇぇぇ」

だが、それでも拒絶する。

騎士の魂はまだ死んでいない。刃は折れてはいなかった。

けれど、拒絶がもたらすものは、最悪の結果でしかない……。

＊

「こ……んな……おおおお……こ、んなことって……こんなぁあああ！　ふっぐ……んぐううう！　おっおっおっ――おぉおおおお」

観客たちに囲まれながら、レインはケダモノのような四つん這い状態で悶える。

先ほど多量に精液を放出したはずの下腹部を、またも妊婦のように膨らませながら……。

ただし、今回の原因は膣中射精しではない。

腹が膨れている原因――それは浣腸だった。

負けを認めないならばさらなる苦しみを――という御子神の命令に従った晶の手で、先ほど自分が膣から排出した精液を、浣腸器で尻に流しこまれてしまったのである（ちなみに先ほどの精液は放出の際すべてバケツに溜められていた。敵は最初からこうすることを考えていたらしい）。

「も……れる……これ……私……漏らしてしまう……。おっおっおぉおおお……。イヤだ。こんな……ところで……漏らすなんて……い……やだぁああ……」

下腹がギュルルッと下品な音色を奏でる。それと共に、どうしようもないほどに便意が膨れ上がってくるのを感じた。

敵の前で、観客たちの前で、父の前で汚物を漏らす――そのようなことがあってはならない。想像するだけで死にたくなるほどの羞恥を覚えてしまう自分がいた。

「たのむ……トイレ……トイレに行かせてくれ……。お願い……はぁっはぁっはぁっ……お……願いだ……うっく……ふうう……から……。頼む……」

相手が敵であることも忘れて懇願してしまう。括約筋を必死で引き締めながら……。

「なら、負けを認める？」

「そ……れは……それは……それはぁあああ……」

心がぐらついた。漏らすくらいならいっそ――とも思ってしまう。

「い……やだ！　絶対……負けないっ!!」

だが、強い心で揺れる意思を抑えこんだ。

「そう、ならトイレに行かせるわけにはいきませんわ」

「そ……んな……そんなぁあああ」

「さぁ晶……やってあげなさい」

絶望の悲鳴を上げるレインを見つめて楽しげな表情を浮かべながら、御子神は晶に命を下した。

「……了解……」

これに静かに応えた晶がゆっくりとレインの背後に近づいてきた。

「な……にを……おっおっ……何を……する……気？」

「悪いけど……師匠の命令だからな」

その言葉と共に、何度も射精してきたにもかかわらず未だ硬く、熱く屹立した肉棒の先端部を容赦なくレインの肛門へと密着させてきた。

「ふひいいっ！」

グチュッと肉穴を圧迫される。

その感覚に思わずレインは肢体をビクッと震わせた。

「ま……さか……ましゃかぁああ」

敵の考えを理解する。してしまう。

「駄目だ……い……まは駄目だ……。それは……それだけはやめてくれ……頼む！　お願いだ……」

必死の懇願だった。

しかし、そんなものは通じない。

晶はどこまでも無慈悲に、なんの容赦も躊躇もなく――

「おっほ！　むほっ！　おっおっおっ!!　ふほぉおおおお!!」

レインの肛門に肉槍を突き立ててきた。

「は……挿入って……うっほ！　くほっ！　ほぉおおお!!　は……いってくる！　尻！　わ……たしの……尻に……ペニス……ぺ……にすがぁああ」

メリメリと肛門が押し広げられていく。先端を挿入してくるだけではない。根元まで直腸に肉棒を押しこんでくる。下腹部に異物感が広がっていくのを覚えた。

「おっく！　奥までっ！　わ……たひの……おぐにまでぇええ!!」

ただでさえ浣腸によってどうしようもないほどに圧迫されていた下腹部に、さらなる圧力が加えられる。

「し……り……破れる！　わだ……ひの……じりが……破れでじまうぅう」

肛門が裂けてしまいそうなほどに押し広げられる。あまりに強すぎる圧力によって、ぶっびゅ！　どぶびゅっ！　と結合部から白濁液が押し出され、周囲に飛び散った。

「大丈夫。そんな程度でお尻は壊れませんわ。だって貴女……普段はしてるんでしょ？　ペニスよりもぶっというんこを」

「う……んこ？　し……してない！　そんなもの……し……てなひぃいい!!」

「どうかしら？　ほら晶……試してやりなさい」

さらなる指示が飛ぶ。

「試す？　何を？　まさか……や……めろ……頼む……頼むからやめてくれ……もう……抜いてくれ！　お願い……お願いだぁ!!」

自分を犯す晶へやめてくれと懇願する。媚びるような視線さえ向けながら……。

「すまんな」

しかし、聞き入れられるはずもなく――

「おっほ！　むほっ！　くほぉおおお!!」

ピストンが始まった。

「うご……うごいでる！　わだ……ひの尻を……犯してる！　ペニス……ペニスが……尻の中……ぐっちゃ……おおお！　ぐっちゃに……かき混ぜてくるぅう！」

膨れ上がったペニスが、精液でパンパンになった直腸を蹂躙してくる。

大きく開いたカリ首で腸壁を擦り、破裂しそうなほどに膨張した亀頭で何度も何度も肉奥を突いてきた。

本来排泄するためだけの器官を逆流してくる異物。そんなものがどうしようもないほどに便意を覚えてしまっている直腸を蹂躙してくる。ズンズンと腰が振られるたびに、耐えがたいほどに便意が増幅していくのを感じた。

内臓が内側から潰されてしまうのではないか？　などということを考えてしまうほどの圧迫感に襲われる。

だというのに、どうしてだろうか？

散々犯され、ペニスの快楽を刻みこまれてしまった肉体は――

「おんっ♥　おんっ♥　おんっ♥」

（なんだ？　どういうことだ？　尻……私……こんな……おおお……こ……んな状態で尻を……尻なんかを犯さ……れて……いる……のに！　ふっほ！　むほぉおお♥か……んじてる？　また……また感じてしまっている？）

どうしようもないほどに、肉悦を覚えてしまっていた。

ペニスが蠢くたびに膨れ上がっていく圧迫感や便意が、愉悦に変換されていく。苦しいはずなのに、気持ちいいと思ってしまう。

（嘘！　う……そだ！　こんなの……な……にかの……間違いだ！　違う！　違う違う違うっ！　誇り高き騎士が……尻を犯されて感じるなどあり得ない！　だから……

違う！　違うぅうう!!）

慌てて愉悦を否定する。何かの間違いだと自分自身に言い聞かせる。

だが、そんなレインを嘲笑うかのように、晶が腰を打ち振るってくる。パンパンパンパンッと腰と尻がぶつかり合う乾いた音色がコロシアム中に響いてしまうほどの勢いで、腸奥を肉槍で抉ってくる。

「おっひ！　ふひぃい！　おっおっおっおっ――むほぉおおお♥」

我慢する――など不可能だった。

なぜならば、気持ちがいいから。感じてしまうから……。

腰が振るわれ、肉奥を抉られるたびに性感を覚えてしまう。愉悦を感じてしまう。どうしようもないほどに……。

犯されているのは尻のはずなのに、身体中がドロドロに蕩けてしまうのではないか？　などと本気で思ってしまえるくらいに心地よかった。

（どうしてだ？　な……んで？　にゃんでだ!?　わだぢは……騎士なのに……サンセットの後継者なのに……どうじで？　なぜ？　こんな……ごんなことで……感じでじまうんだぁああ？）

「ふほおおお♥　おっほ！　むほっ！　うほぉおおお♥」

獣のような声を漏らしてしまう。

ドジュッドジュッドジュッと尻奥を抉られるたび、クパッと開いたままの膣口から愛液をビュッビュッと漏らしてしまう自分がいた。

逃がしはしない。もっと奥まで挿入れて欲しい——などと訴えるように、肉棒を腸壁で締めつけるなどということまで……。

そのためだろうか？　肛門に挿しこまれた肉棒が膨れ上がってくる。そんな亀頭の膨張に合わせるように、レインの身体を肛門だけでなく口まで刺し貫こうとしているのではないか？　と思えるほどに、ピストンまで激しいものに変えてきた。

「……これ……激しすぎる！　駄目だ！　壊れる!!　わだひの身体……ごわれでじまううぅうう！　なのに……おお！　なのに……どうじでだ？　なんでだぁあ!?」

（感じる♥　尻……尻で感じてしまう♥　いいっ♥　気持ちいい♥　絶頂くっ！　私……尻で……し……り……なんかで……いって……いってじまうぅうう♥）

自分の身体が自分を裏切っているようだった。

どうしようもないほどに性感が膨れ上がる。ズボズボされるのが心地いい。尻を抉られるのが気持ちいい——否定できないくらいの快楽を覚えてしまっていた。

「ふっひ♥　ひんっひんっひんっひんっ——ひんんんん♥」

晶の動きに合わせるように腰を振るなどという行為までしてしまう。肛門で肉茎を締めつけながら腰をくねらせるという状況は、まるで射精して欲しい。射精して欲しいと訴えているようですらあった。

これに対して応えるように、晶も腰を打ち振るってくる。

「お……大きくなってる！　ペニス……わたひ……の……尻で……ぺにしゅが……膨れ上がってりゅぅうう！　これ……だしゅの？　射精すりゅの!?」

（あああ……射精る。ドビュドビュが……来るぅうう♥）

腰を一振りするたびに、肉棒が膨れ上がっていくのがわかった。亀頭が破裂しそうなほどに膨張していく。

何度も膣中射精しされてきたが故だろうか？　射精が近いことを理解してしまう自分がいた。

歓喜が広がる。喜びを覚えてしまう。

理性では駄目だと思いつつも、より腰の動きを激しいものに変えてしまう。

「射精す！　射精すぞ！　お前の尻に……射精すっ!!」

「だ……めら！　しょれは……おおおお！　しょ……れは……らめだぁああ♥」

（射精して！　射精して……射精してぇええ♥）

言葉で射精を拒絶しつつも、心では牡汁を求めてしまっていた。

その願いに呼応するように――

「おひぃいいいいい♥」

ドジュウッとこれまで以上に奥にまで、晶が腰を叩きつけてきた。

腸奥が巨棒で押しこまれる。

尻から脳天まで甘く痺れるような刺激が駆け抜けていった。強すぎる衝撃によって、目の前が真っ白に染まっていく。

「で……てる！　尻！　わ……たしの尻に……ドビュドビュででりゅうう♥　凄い！　これ……しゅ……ごひ！　駄目！　駄目なのに……見られてる……父上に見られでるのにぃいいいい！　我慢できないい……お……ざえ……られなひぃいいい」

始まる射精。ドクドクとただでさえ精液でパンパンになった直腸に、多量の肉汁が流しこまれる。

圧迫感と便意がさらに増幅していく。だが、それさえも愉悦へと変換され――

「いっぐ♥　わだぢ……おおおお！　いぐっ♥　いぐいぐいぐ――し……りで……尻で絶頂くっ！　尻にしゃせーされで……いぎゅううう♥♥♥」

達する。達してしまう。

尻に肉汁を流しこまれながら、背中をキュウウッと弓形に反らしつつ、だらしないほどに表情を愉悦に蕩かせながら、刻まれる快感にひたすら打ち震えた。

「おっほ……むほぉおおおお♥」

愉悦の吐息がコロシアムに響き渡る……。

それから何度犯されただろうか？　わからない。なにもわからない。

＊

「おっおっおっ……きも……ぢ……いい♥　おにゃか……ぱんぱんれ……きも……ちよしゅぎるぅう♥　れも……ぐるじい……お腹……もう……限界……。いきだい……どいれ……どいれいぎだぃいい」

快楽と便意──それしか考えられなくなってしまっていた。

「お……ねがいれしゅ……わだぢを……どいれ……どいれにぃい……おっおっ──ふほぉおおお」

四つん這い状態で未だに尻を犯されながら、能面のような表情を浮かべた父を拘束する御子神に懇願する。

「なぜトイレに行きたいの？　どうして？　何をしたいの？　何を出したいからトイレに行きたいの？　それをわたくしに教えなさい」

どこまでも最悪な女だった。

それでも、意地を張る余裕など最早存在していない。

「う……んち……。私……したい……うんちをしたひ！　したひぃいい!!　だから……らから……頼むっ！　お願いらぁああ！」

「うんち？　うんこと言いなさい。もっと下品に……」

「うんこ！　うんこだッ！　うんこをしたいんらぁあああ！」

素直に従い、露骨な言葉を向ける。

「……うふふ、素直で結構。その調子で認めなさい、自分の敗北を。わたくしの奴隷になると……。そうね……それも、ただ認めるだけじゃない。そのまま晶に肛門を犯されながら土下座しなさい。そうすれば行かせてあげますわ。トイレにね」

「そ……れは……しょれはぁああ……」

さすがに躊躇してしまう。

敗北を認める。奴隷になる――それを認めれば、今度こそ本当にサンセットは終わってしまうから……。

それに、犯されながらの土下座など騎士の矜持が許さない。

「わ……わた……私は……」

だが、簡単に拒絶もできなかった。

本当にもう限界だから……。

「ちち……うえ……」

眦から涙が零れ落ちていく。

「レイン……」

父の瞳からも涙が零れた。

厳格な父。自分にとっては無敵の騎士だった父が泣いている。初めて見る光景だった。

「も……申し訳ございましぇん……父上……ごみぇんなしゃひ……」

これまで以上に胸を痛めつつ、謝罪の言葉を口にする。もう、限界だった。

「わ……たひの……おおお……わた……ひの負けれしゅ。勝てましぇん。まいりまひたぁ。誓いましゅ。奴隷になることを誓いましゅうう！」

肉棒で肛門を犯されたまま、頭を下げる。腰を突き上げつつ、上半身を地面に擦りつけ、敗北を口にする。

「らから、らかららぁあ……お願いしましゅ。わたひを……お願いれしゅから……わたひを……とい……トイレに行かせてくらはい。うんこ……うんこしたいんれしゅ！お願いしましゅぅうっ!!」

騎士の矜持など最早存在しない。

トイレに行きたい。排便したい——快楽と排泄欲求だけで思考を埋め尽くしながら、涙と鼻水で顔をぐしゃぐしゃにしつつ、父の前だということも忘れて、必死に、必死に頼みこんだ。

「……うふふふ。よく……よく言えましたわ。その願い、叶えましょう。さぁ晶」

師が弟子に声をかける。

（行ける！　あああ……私……これで……トイレに……）

心を埋め尽くしていくもの、それは歓喜の感情だった。笑う。土下座したまま口元に笑みを浮かべる。

その次の刹那――

「あっひ！　へ？　あっ……嘘……う……しょぉおおっ!!」

ドジュブウウッと挿しこまれていた肉槍が引き抜かれた。

ぽっかりと肛門が口を開く。

「ほら、お行きなさい。トイレに♪」

御子神の楽しげな声が向けられる。

「おおおお！　む……り……こんな……いきなり……抜かれた……ら……漏れる……。わだひ……漏らす……こんな……こん……な……ところで……もら……じで、じまううう」

だが、レインの心を覆い尽くすものは絶望だった。

蓋代わりだったペニスが抜かれたことで、直腸内のものが肛門に向かって流れ出ようとする。

「無理……い……けない……こんな……出る！　で……てしまう……おおお！　うんこ……で……てしまうっ！　だ……だずげ……だずげでぇええ」

無様な姿は晒してしまった。ただ、だからといって人前で排泄行為などできない。皆に見られながら汚物を漏らすことなど……。

だから求める。救いを願う。主になった女に……。

「……助けて？　貴女はわたくしの奴隷なのよ。それくらいなんとかなさい」

しかし、どこまでも主は冷たく――

「だっめ！　おお！　もう！　駄目！　出るっ！　出る出る出る――でりゅぅう!!」

メリメリメリッと肛門が内側から押し開かれていった。犯され、緩みきった尻。括約筋に力をこめることすらできない。

「うんこ！　わ……だひ……うんこ！　出す！　ザーメンうんこ……みんなのまえで、漏らす！　おおおお！　もう……出る！　出したくない……漏らしたくないのに……おっおっおっ！　もうっ！　もうっ！　もうぅううっ!!」

視界がチカチカと激しく明滅した。

次の刹那――

「ふっひ！　おほっ！　ふほぉおおおっ!!」

排便が始まった。

白い白濁便が肛門から溢れ出す。凄まじい勢いで飛び散る。

「でてる！　うんこ！　うんこでてるうう！　やだ、こんな……こんなのいやっ！

いやだぁあああ！　なのに……と……められない！　ブリブリ……ブリブリでりゅう！　うんこ出続けるぅうう!!　うっほ！　ふほっ！　おほぉおおおお!!」

噴水のように汚物を噴き出す。凄まじい羞恥に悶え狂う。恥ずかしい。あまりに恥ずかしすぎる。

だというのにどうしてだろうか？

「あああ！　これ……いっぐ！　わだぢ……おおおお！　また……またいぐぅ♥　なんで……これ……にゃんで？　うんこ……うんこにゃのに……ぎも……ぢ……いい！　わだぢ……感じる♥　いいの！　お漏らし……いいのぉおお♥　いっぐ！　これ……こりぇいぐおぉおお♥　いぐいぐいぐ——うんこでいぎゅううっ♥♥♥」

達する。達してしまう。

羞恥と共に感じた凄まじい解放感が快楽へと変換され、レインを絶頂させていた。

（いい♥　気持ちいい♥　よしゅぎるのぉおおお♥♥♥）

思考まで蕩けてしまうような愉悦に身悶える。瞳を見開き、口を開けながら愉悦の悲鳴を響かせる。

あまりにだらしなさすぎる絶頂顔——いや、アヘ顔を晒しながら、

「うっほ♥　ふほっ♥　おほぉおおお♥♥♥」

この有様を見て「糞で絶頂ったぞ」「最低だな」「いや、最高だろ」などと喜ぶ人々

の前で、心がズタズタにされたような表情を浮かべる父の前で、ひたすら愉悦の悲鳴を上げながら、レインは悶えに悶えた。

(ごめんなしゃい……父上ぇえええ♥)

父に対する罪悪感に胸が痛む。

だが、それ以上に心地よかった。

「……気持ちよさそうですわね。うふふ、これから毎日……そんな快楽を刻んであげますわ。その代わり、しっかりわたくしのために働くのですわよ」

「これから毎日……あは……あはぁあああ♥　頑張りましゅう♥」

御子神の言葉に屈辱も羞恥も消えていく。この快楽を毎日……。

レインは笑う。心の底から幸せそうに……。

決勝戦 拳聖・輝夜、無敵少女が雌犬に堕つ！

強大な力には責任が伴う。

他者を超える力、その気になればすべてを蹂躙できる力を持っていたとしても、それを私利私欲のために使ってはならないということだ。

強い力を持っている。だからこそ、それをどう人のために生かすのかを考えなければならない。それこそが力あるものの責任なのだから……。

千年続く拳法羽衣流の継承者にして、歴代最強、拳聖とまで渾名される羽衣輝夜は、幼い頃からそのような教えを受けてきた。

力とは即ち正義を行使するために使用しなければならない。他者のために振るわれぬ力などただの暴力でしかないのだ。

（……ボクはその教えを信じている。決して間違ってはいないと思っている。だから

こそ、ボクは勝たないといけない。この男に……。そうすることでボクはもう一度女帝、御子神紅葉を倒す）

闇の闘技大会決勝戦――地下コロシアムの熱気は最高潮に達していた。

空気を揺るがすような大歓声が上がる。コロシアムには客席に座れないほどの観客たちが集まっていた。ゲスで、まるで豚のよう。蔑むべき人間たち……。

彼らの声に不快感を覚えつつも、輝夜は目の前の男――桐谷晶と、その背後に立つ御子神紅葉を見つめた。

一回戦こそ危うい動きを見せたものの、それ以後は生まれ変わったように強大な力を振るってきた桐谷晶。その実力は本物だ。御子神紅葉と同等――いや、下手をすればそれ以上に仕上がっているかも知れない。

（御子神を倒したのは二年前。あの時点で弟子がいたとは思えない。だから、この桐谷晶が御子神の弟子になったのはあの後ということになる。長くて二年――下手をすればもっと短い期間……。それだけの短期でこれほどの実力を身に着ける。身に着けさせる……桐谷晶も御子神も本物だったということ。そこは素直に賞賛する。でも……だからこそ……）

静かに瞳を閉じ、深呼吸をしつつ心の中で激情の炎を燃やす。

（ボクはこの二人を許さない。この二人には力がある。でも、その力を私利私欲にしか使っていない。ただの暴力に、蹂躙にしか……）

圧倒的力量差を見せつけた相手に対し、過剰なまでの辱めを行った。観客たちの前で凌辱し、信じる者たちの前で心を折った。あそこまでする必要などまるでなかったというのに……。

「……必ず倒す」

ポツリッと呟いた。

「それはこっちの台詞ですわ羽衣輝夜……。わたくしはただ貴女を倒すためだけにここに来た。わたくしに与えてくれた屈辱――何倍にも、何十倍にも、何百倍にも……いえ、何千倍にもして返してあげますわ」

まだ勝負は始まっていないというのに、すでに御子神は歓喜の表情を浮かべる。この瞬間を待ち望んできた。我慢などできるはずがない！　とでも言うように。

「貴女に必ず敗北を認めさせてみせますわ。わたくしの奴隷に変えてあげますの。そして、そうですわね……貴女には尖兵《せんぺい》になってもらいますわ。この世界に存在するすべての拳士を、剣士を、御子神の手によって打ち倒す――そのためのね」

「己こそが……御子神こそが〝最強〟か……」

フッと口元に輝夜は笑みを浮かべて見せた。

「何が……何がおかしいんですの？」

「別になんでもない。ただ……最強などという幻想に取り憑かれている貴女を哀れに思っただけ」

「……哀れ？　このわたくしが？」

「そう。哀れ……。ただ最強のみを追い求める。そんなもの虚しいだけ。最強を追い求め戦い続ける。そんな戦い、永遠に終わらない。戦って……戦って……戦い続け、いつか敗れる。そんな未来しか存在しない。哀れ以外の何ものでもない」

「お黙りなさい。わたくしは……もう二度と敗れない。貴女にも、他の誰にも！　なぜならばわたくしこそが最強だから!!　それを今……ここに証明してあげますわ！　晶！　やってやりなさい！　その女に拳士となったことを後悔するほどの屈辱を与えてやるのよ！」

「りょーかい」

　御子神の指示に、晶が構えた。

「桐谷晶——いや、晶くんと呼ばせてもらおうか。キミに一つ疑問がある」

　これに対するように輝夜も構えをとりつつ、静かに晶に問うた。

「疑問？」

「……そう。キミはなぜ、御子神紅葉についている？　この大会の決勝まで勝ち上がってくるほどの力を持っているのにどうして？　晶くんは彼女に対して疑問もなにも抱かないのか？　彼女のやり方が正しいと思っているのか？」

御子神紅葉の考えはわかりやすすぎるほどによくわかる。けれど、晶が何を考えているのかは理解できなかった。

これまでの戦いを見てくるに、晶はただひたすら御子神の指示に従ってきた。まるでロボットのように……。そこに彼の意思はほとんど介在していなかったように思える。一体何を考えて？

「……師匠のやり方が正しいか正しくないか……そんなものを俺は考えたりしない。俺は師匠の命に従う。ただそれだけだ。それがどんなものであったとしてもな」

この答え——果たして本心なのだろうか？

「……わかった。そういうことにしておこう」

疑問を抱きつつも、ここで会話を切り上げる。

(何にせよボクは勝つ。それだけ。そしてこんな馬鹿げた大会を終わらせる。そのためにめにここまで来たのだから……)

私利私欲を持った者たちによって開かれている闇の闘技大会。これを潰す。優勝することで……。それが力を持っている自分の責任なのだ。

「それじゃあ……始めようか」

普段と変わらぬ学校制服のまま、銀色の髪をなびかせつつ告げる。

「……ああ」

これに晶も静かに応じた。

そして、決勝戦が始まる。

＊

晶と輝夜――その実力は伯仲していた。ほぼ互角と言っても過言ではない。だが、やはりというべきか、地力では拳聖とまで呼ばれた輝夜の方がやはり上であった。

徐々にではあるけれど輝夜は晶を押していく。

晶の振るってくる拳をいなしつつ、反撃の一打を加える。刃よりも鋭い羽衣流の拳で、敵の身体に幾筋もの傷を作り上げていった。

ただ、晶だって女帝こと御子神紅葉に見いだされた男である。ギリギリのところで致命傷だけは避けていた。

（この辺はさすがと言うべき……。でも、この程度じゃボクには勝てない。晶くん……いや、御子神紅葉！　貴女たちの負け）

まるで将棋のように詰みまでのパターンを頭の中で構築する。そのプラン通りに、一切手を抜くこともなく、輝夜は攻撃し続けた。

だが――

「えっ!?」

強烈な殺気を背後に感じた。一瞬手の動きを止めてしまう。

その隙を突くかのように、ヒュッと何かが空気を引き裂きながら自分へと飛んでくるのを感じた。背後からではない。右手側からだ。

「チイッ!!」

完全な不意打ち。しかし、研ぎ澄まされた感覚でこれを捉えると、回避する。

(髪の毛っ!?)

輝夜が回避したためにタンッと地面に突き刺さったそれは、刃のように鋭いけれど、まさしく髪の毛だった。色は金。気をこめることによって武器に変えたといったところか?

「隙だらけだぞ」

一流の拳士にとって一瞬の隙は命取りにしかならない。それでも、並み以上程度の相手であればこれくらいでも対応することができた。

が、相手は並み以上程度の相手ではない。超一流——達人クラスと言っても過言ではないほどの実力者だった。それこそ、拳聖と呼ばれるほどの実力を持つ輝夜であっても不意打ちという想定を考えられなくなってしまうほどに……。

「——しまっ!!」

懐まで這入《はい》りこんできた晶に対し、一瞬対応が遅れる。

「はぁあああっ!!」

振るわれた拳が——

「ごはぁあああああっ!!」

容赦なく輝夜の鳩尾を撃ち貫いてきた。

＊

「さぁ……どうします輝夜……。うふふふ、わたくしに負けを認めますか?」

勝ち誇ったような笑みを御子神が向けてくる。

嘲笑に対し、輝夜はコロシアム中央にて膝をついていることしかできない。立ち上がることさえ厳しい状況に追いこまれていた。

もらったものはたったの一発でしかない。けれど、その一撃は確実に輝夜の戦紋を撃ち貫いていた。

(身体中から力が抜けている……。力を入れることもできない。気の流れを遮断する戦紋を突かれたと考えるべき……)

冷静に状況を分析する。それがわかったところで対抗する術などないが……。

「ひ……きょう者……はぁ……はぁ……。一対一の勝負を穢すなんて……」

不意打ちを行ってきたのは、間違いなく御子神の手のものだ。それはわかっている。すでに客席にいる敵の姿も確認していた。

（紅髪……喧嘩屋葛木がボクに殺気を浴びせ、そのできた隙を折れざる刃レイン＝サンセットが突いてきた）

敗れたとはいえ間違いなく二人は実力者である。晶と戦いながらこれにも対応するなど、さすがの輝夜でも不可能だった。

「卑怯？　うふふ……拳聖様の言葉とは思えませんわね。戦いというものは己が使えるすべてを行使して行うべきものですわよ。勝つためにね。わたくしはそのためにできるだけの手を打った。拳士として当たり前のことだとは思いません？」

「……貴女は間違ってる……」

「いいえ、違いますわ。わたくしは間違ってなどいない。なぜならば、わたくしは勝ったのだから。貴女にね。勝てば官軍って言葉知ってます？」

「……ボクは……まだ……」

言葉の途中で、一瞬脳裏に凌辱される葛木玲奈とレイン＝サンセットの姿が思い浮かぶ。想起するだけで吐き気すら催してしまうような酷い有様だった。わずかではあるけれど血の気が引く。恐怖のような感情さえ覚えてしまう自分がいた。

「負けてない。ボクはまだ……貴女には負けていない」

しかし、恐怖など一瞬で消し去る。相手がこの後自分に何をしてくるのかを理解しつつも、はっきりと敗北を否定した。

（葛木玲奈……レイン＝サンセットは酷い辱めを受け、心を折られた。あんなこと……二度とあってはいけない。二人だってボクは救ってみせる。たとえ何をされようが耐えてみせる……。止めを刺せる時に刺さなかったことを後悔させる）

心の中で決意すると共に、コオオオオッと静かに呼吸する。これにより、もらった一撃によって荒れていた吐息を鎮める――だけでなく、体内に気を走らせた。

戦紋を突かれたことで乱れた気流を整える。

（大丈夫……時間をかければ回復できる……。それまで耐える。耐えるだけ……）

そう自分自身に言い聞かせながら、強い決意と意志の力をこめた視線を御子神、晶の二人へと向けた。

「あらそう……まぁ、そうでなくちゃ面白くないわね。というよりも、貴女のその答えを待ってたわ。だって、これでできますもの。貴女に屈辱を味わわせることが！わたくしが貴女に与えられた以上の屈辱をね」

御子神紅葉が歓喜の声を上げる。

するとこれに呼応するように観客たちまで歓声を響かせた。

これで見ることができる。拳聖の凌辱シーンを!!　とでも訴えるように……。

＊

「さぁ皆さん。しっかりその目に焼きつけて下さいね。拳聖の交尾シーンを！」

観客たちを御子神が煽る。

「これだ！　これを期待して来たんだっ!!」

「拳聖輝夜——最強の拳士と呼ばれた女のセックスシーン……あぁあ、想像するだけで射精しそうだぁ」

「羽衣流の継承者がどんな声で啼くのか……今から楽しみだ」

観客たちのゲスな言葉が耳に届く。できることならば聞きたくない。実に不愉快な反応だった。

が、今の輝夜には耳を塞ぐことすらできない。

なぜならば、身体を晶によって拘束されてしまっているから。それも、ただ捕まっているだけではない。とらされている体勢は、いわゆるおしっこポーズだった。

背後から太股を抱え上げられた上で、両足を大きく左右に開かされている。当然のように制服スカートが捲れ、青と白の縞々パンツが剝き出しとなってしまっていた。

「縞々パンツ？　これはまた随分可愛らしい下着ですわね」

小馬鹿にするように御子神が笑う。

「……見るな……」

視線を向けられるだけで、身体が穢されていくような気がする。拳聖と呼ばれるほどの実力者とはいえ、今年でまだ十八の少女でしかない。当然羞恥だってあった。

　だが、それを一切顔には出さず、短く告げる。

「随分涼しい顔をしていますわね。その顔がいつ崩れるのか……それが本当に楽しみですわ」

　そう語りつつ、パチンッと御子神は指を鳴らした。

　するとこれに反応するように晶が動く。彼はこちらを抱え上げたまま器用に手を動かすと、剝き出しになった下着に手をかけ、容赦なく破り捨ててきた。

「うっく……くうううっ……」

　当然秘部を剝き出しにされてしまう。多少濃いめの陰毛に隠された秘裂が、御子神の前に、観客たちの前に晒された。

　さらにコロシアムは沸き立つ。全員の視線が下半身に集まってくるのを感じた。

「ふ～ん、結構毛が濃いのね。意外ですわ。でも、髪と同じ銀色のせいで綺麗ですわね。でも、その濃さから考えるにあまりお手入れはしていないといったところかしら？　もしかして……貴女、処女？」

　ジッとこちらを見つめながら問いかけてくる。

「……答える義理はない」

　これに対して視線を逸らすことなく答えた。

「あらそう、なら……身体に聞いてみるしかありませんわね。晶」

「……へいへい」

どことなく不満そうではありながらも、晶はこれに素直に応じる。

(……ボクと互角だった桐谷晶……。腕が使えない状態の御子神が相手ならばまず間違いなく勝てる。なのにどうして従っている？　なぜ？)

疑問を抱かざるを得ない。一体どうして？　それを思考しようとする。

「なっ⁉」

だが、すぐにそれは中断させられることとなった。

ビョンッと硬く、猛々しく屹立した肉棒が視界に映りこんだから……。

(やっぱり……大きい……。想定以上。近くで見るとここまでだなんて……)

葛木やレインへの凌辱の際、当然肉棒だって見ている。観客席からだったので、正直距離的にはかなりあった。それでもかなりの大きさだと感じたのだが……。実際至近で見せつけられるとその禍々しさは観客席で見た時以上であり、さすがの輝夜も一瞬瞳を見開き、身体を硬直させてしまう。

「その顔……驚いてますわね。うふふ、貴女のそんな顔を見られるなんて……ああ、堪りませんわぁ♪」

こちらの反応に敵が歓喜する。

(動じては駄目。御子神紅葉を喜ばせるだけだから……)

そんな敵の喜びが、動じた心を静めていった。

すぐにまた表情をいつもの冷静なものに戻す。

「あら、もう落ち着いた。さすがですわね。だけど、心を静めたところで状況は変わりませんわ。さぁ、やってやりなさい」

弟子に命を下す。

「それじゃあ……悪いけど行くぞ」

これに逆らうことなく晶は動き出した。

（……来る……）

戦紋を突かれ、力の抜けた身体をわずかだが硬くする。

それとほぼ同時に――

「んっく！」

グチュッと秘部にペニスが押しつけられた。

（熱い！　こんなに熱いもの？　火傷しそう……）

肌が燃え上がりそうなほどに肉棒は火照っている。伝わってくる熱気に、ビクンッと肢体が震えた。条件反射のように身体も強張ってしまう。

当然晶もそれには気付いているだろう。しかし、だからといって晶は容赦などしてはくれない。そうすることが当たり前だとでも言うように――

「はぐっ！　ふっぐ！　あぐぐっ!!　くふぅううっ！」

　腰をさらに突き出してきた。

　ズブズブと膣口に巨棒が沈みこんでくる。引き締まった膣壁が、無理矢理肉槍によって拡張されてしまう。まるで身体の中に巨大な杭でも穿たれていくような圧迫感を覚えた。反射的に異物を排除しようと下半身に力をこめてしまう。これによって膣壁が収縮し、挿しこまれた肉棒を強く挟みこんだ。

　けれど、その程度で挿入を止めることなどできない。それどころか与えられる締めつけに喜ぶように、ビクッビクッビクッと激しく肉茎を震わせてきた。

　膣壁越しに輝夜でも理解できるほどに痙攣する肉棒――そんなものをより奥にまで突きこんでくる。痛々しいほどに肉穴が押し広げられていく。膣口の拡張に比例するように、下腹部には異物感が広がっていった。

（まるで……ボクの……身体にあ……穴が……開けられていく……みたい……）

　それは決して比喩ではない。

　事実、突きこみに合わせてブチブチと何かが引き千切られていくような音が聞こえた気がした。

「あっぎ！　ふぎっ！　んっんっ――ふぎぃいいい」

　大人に抱きかかえられて小便をする子供のような姿勢。観客たちに結合部を見せつけるような体勢だ。そんな状態で肉棒を挿しこまれた膣口から、鈍い悲鳴を漏らしつつ破瓜の血を垂れ流す。

この光景に「おおおお！　やっぱり処女だった!!」「凄い……拳聖の破瓜を見ることができるなんて……最高だ！　来てよかったっ!!」観客たちはさらにボルテージを上げていった。

そんな観客たちに見せつけるかのように、晶はさらに肉槍を突き入れてくる。

（く……る……奥まで……男のものが……ボクの……お……く……までぇぇえ）

抵抗する術はない。

ただされるがままに膣奥まで肉槍を突き入れられることとなってしまった。

「はふぅうう……はぁっはぁっはぁっ……」

肉棒の先端部が子宮口に触れているのがわかる。走る痛みに眉間に皺を寄せつつ、何度も荒い吐息を漏らした。

「どう？　人に見られながら処女を奪われる気分はどうかしら？　最低？　死にたくなるほど悔しい？」

御子神が覗きこんでくる。屈辱に震える輝夜の姿を網膜に焼きつけようとするかのように……。

「……別に……」

が、動じた様子は見せない。

ただ一言、静かに答えた。

（この程度なんでも……ない。痛いは痛い。でも……耐えられないレベルじゃない。大丈夫……なんの問題もない……）

犯されながらも心を落ち着かせる。体内の気の流れを回復させる——考えているのはそれだけだった。

最後に必ず勝つ。それだけを心に置く。

「そのなんでもないですって感じの言葉……ムカツキますわね。でも、そんな顔をしていられるのも今の内ですわよ」

そう口にすると共に、御子神は弟子を見つめる。この視線を受けた晶は、師が言いたいことくらいわかっているとばかりに、膣奥にまで突きこんでいた腰を今度はゆっくりと引き抜き始めてきた。

「ふっぐ！　あぐっ！　んぐうううっ!!」

膨れ上がったカリ首によって膣壁が外側に引っ張られていく。まるで内臓を外側に引き摺り出されていくような感覚だった。正直なことを言えば痛いし、苦しい。

ただ、それでも大きな悲鳴を上げたりはしないし、表情だってほとんど崩すことはなかった。

(長い間修行をしてきた……。身体をいじ……め、抜いて……きている。だから……うっく……この程度……なんでもない。これくらい……も……んだいは……ない)

耐えられないレベルの痛みではない。

唇を引き締めつつ、より強く気流回復へと意識を向けていった。

だが、そんな輝夜を嘲笑うかのように──

「くひんんんんっ!!」

膣口にカリ首が引っかかるまで引き抜かれた肉棒が、再び膣奥へと突きこまれた。

ドッジュウウウッと子宮口が叩かれる。一瞬ブツッと意識が途切れそうになるほどの衝撃が全身を走り抜けていった。

しかも、一突きだけで終わりではない。

すぐさま晶は突きこんだ腰を引き抜いてくる。

(また……引っ張られるっ！ くうううっ!!)

再び膣壁がカリ首で引っかけられたかと思うと──

「はふううっ！」

また叩きこまれた。

もちろん、叩きこんだらすぐに引き抜いてくる。

始まったものはピストンだった。

「うっく！　くふうう！　んっんっんっんっ——んぐううっ」

こちらが処女だったことなんて構いもしてくれない。

どこまでも乱暴に、激しく、晶は何度も何度も腰を打ち振るってきた。

（は……げ……激しい……。わかってはいた……でも、ここまで……は……げしいなんて……。腹を……膣中を……グチャグチャにかき……ま……ぜ……られて……る……。ボクの……な……かが……滅茶苦茶に……さ……れる……。でも……それ……でも……この程度なら……まだ……ま……だぁああ……）

耐えられる。抑えこめる。

まるで性玩具のように無茶苦茶に犯されつつも、気流回復へ意識を集中させ続けた。

そのおかげだろうか？　腰を打ち振るい続けてきた晶が限界を口にしてきた。

「くっ！　射精るぞ！　そろそろ射精だ!!」

（ふ……くらんでる……。ボクの膣中で……男のものが……お……大きくっ！）

射精る——その言葉を証明するように亀頭が不気味なほどに膨れ上がっていく。さらに蜜壺が内側から拡張されていくのを感じた。内部から身体が圧迫される。これによって感じさせられるものは、身体が内側からペニスで刺し貫かれてしまうのではないか？　などということすら考えてしまうほどの圧力だった。

それほど膨れ上がった肉先を、これまで以上の激しさで膣奥に押しつけられる。

「ふぐううぅっ!!」

子宮口に肉先が叩きつけられる。子宮がへしゃげてしまうのではないかと思うほどの突きこみ。これにはさすがの輝夜も痛々しいほどに瞳を見開いた。

その刹那、射精が始まる。ドクッドクッドクッと肉茎を痙攣させると共に、肉先から多量の白濁液を容赦なく肉壺に流しこんできた。

「あふっ！　んっく……くふぅううぅっ」

(射精てる……射精してる……ボクの膣中に……熱いものが流れ……こ……こんでくる……。これが……せ……精液……うっく……くううっ)

下腹部に熱気が広がっていく。自分の身体の中に異物を流しこまれるという初めての感覚に、引き締めた唇から吐息を漏らしながら、ヒクヒクと輝夜はその肢体を震わせた。

「膣中射精しされてるのか？　拳聖が……」

「俺も膣中に射精してぇ」

この様を見た観客たちが沸く。どうやら彼らの目にも膣中射精しされていることは明らかからしい。

それも無理ないことだった。

なぜならば、流しこまれた精液の量があまりにも多量だったから。それこそ、子宮や膣だけでは受け止めきれないほどに……。

「はふうう……くふっ……うっく……。ふうっふうっふうっ……」

荒い吐息を響かせる輝夜。その下半身――結合部からは、受け止めきれなかった白濁液が破瓜の血と共にドロドロと溢れ出していた。

「これはまた随分とたくさん射精されたようね輝夜。気分はどう？　初めてを奪われた上に、容赦なく膣中射精しされる気分は……」

この有様を見た御子神が、心底嬉しそうな表情を浮かべて見せてくる。

「……べ……つに……」

これに対し、先ほど処女を奪われた時に気分を尋ねられた際とまったく同じ返事をした。多少呼吸は乱れているし、汗だって掻いてしまっている。それでもできる限り普段と変わらぬ表情、口調で……。

「……なるほど」

ヒクッと御子神はどこか不機嫌そうに眉根に皺を寄せた。どうやら望んでいた態度とは違ったらしい。

「その涼しげな顔……本当に腹が立ちますわ。とはいえ……そうでなければやり甲斐がありませんわね。その顔が滅茶苦茶になると考えるだけで……あああ……わたくし……濡れてしまいますわ」

「……ボクは貴女の思うようにはならない」

「さて、それはどうでしょうかね？　本番はここからですわよ」

本番はここから——その御子神の言葉を証明するかのように、

(これ……また……大きくなってる。ボクの膣中で晶くんのものが……男性器が……大きく……硬くなっていく……)

射精を終えたばかりだというのに、萎えることなく肉棒がさらに硬く、熱く、猛々しく、たぎっていくのを感じた。

そして、凌辱行為が再開される……。

＊

桐谷晶——この男の精力は無限なのだろうか？

などと思ってしまうほどに、少年による凌辱行為は苛烈を極め、無間《むげん》地獄のようにひたすら続けられた。

「さぁ、射精すぞ！　射精すっ!!」

その言葉と共に膣中に精液が流しこまれる。

「あぐうう！　くっふ……んっんっ——くふぅううっ!!」

これで十回目の射精。だというのに、放たれる精液量は最初の射精時と変わらない——それどころか、むしろ増えてさえいた。

熱気や濃厚さにも変化はない。何度射精してもゼリーかと思うほどに精液は濃かった。そんなものに子宮が、膣が満たされていく。

いや、膣中だけではない。

「あぶううっ！　ぶっぶっ!!　あぶあっ！　あびゅうっ」

時には膣中を犯していた肉棒をジュボッと引き抜いてきたかと思うと、そうすることが当然だとでも言うように輝夜の全身にぶっかけてきたりもした。

制服を肉汁が濡らす。顔面がまるでパックでもしているかのように精液塗れにされてしまう。髪にまで染みこむ肉汁。美しい銀髪がパリパリになり、額に前髪が貼りついたりもした。

下半身だけじゃない。全身が精液塗れにされていく。牡臭い匂いが身体に染みこんでくるような感覚が実に気色悪かった。

（腹が……精液でたぷ……たぷになっている……。息をすると鼻の穴に臭い匂いと精液が流れこんできて気持ち悪い……。全身にドロドロした汁が絡んでくる……）

コロシアム中央に仰向けに倒された状態で散々犯された両足を左右に開き、クパッと口を開けた肉穴から白濁液を零しながら、全身を肉汁塗れにしつつ「はぁー。はぁー。はぁー」と何度も荒い吐息を漏らす。

その姿はまるで多数の人間に輪姦されたようにさえ見えるものだった。

拳聖とまで渾名されたものが晒す姿には見えない。あまりに無様で情けないものだった。

ただ、それでも——

「どう？　悔しい？　惨め？　気分はどうですの？」

「……べ……はぁ……はぁ……べつ……に……」

向けられる問いかけに対し、これまでと同じ答えを返した。

ただ、これまでと同じ答えを返しつつも——

（な……に？　おかしい……何か……変……。なに？　これは……熱い……ボクのか
……らだが……なんだか……熱い……）

心の中で輝夜は戸惑いを覚えていた。

なんだか身体が熱い。発熱でもしているみたいに、肉体が火照っているのを感じた。

それに疼く。ジンジンと下半身が……。

そのためだろうか？　気流回復への集中もなんだか途切れ途切れになってしまう。

（駄目……。集中しないと……。勝つためには……集中……）

必死に自分自身に言い聞かせた。

「別に……うふふ、そう、別に……ですの。うふふ」

そんなこちらの変化に気付いているのだろうか？

「貴女がそう答えるのならばそれで構いませんわ。わたくしはもっともぉおおっと楽しませてもらうだけですからね」

これまでと同じ答えにもかかわらず、どこか御子神は楽しげにそう口にする。

「お……なじことを……はぁ……はぁ……繰り返しても……む……だ……」

「……大丈夫ですわよ。同じことをするつもりはありませんから。わたくし……いいことを思いつきましたのよ」

「い……い……こと？　一体……な……何を？」

「すぐにわかりますわ」

パチッと御子神はウィンクしながらそう答えてきた。

そしてその言葉通り、輝夜はすぐにその身をもって敵の考えた〝いいこと〟とは何かを教えられることとなる……。

＊

「ワンちゃんのお散歩ですわ」

その言葉通りの行為がなされる。

（……こんなこと……）

精液に塗れた制服を剝ぎ取られた全裸状態。大きな胸と、キュッと引き締まった括れ、プリッと張りのある尻を剝き出しにさせられながら、首に首輪を嵌められていた。

犬がつけるような散歩紐《リード》付きの首輪が……。

その上で——

「あっふ……くふうう！　あっあっ……はふぁあああ……」

尻にヴィイインと震えるバイブを挿入させられてしまっている。

バイブには犬の尻尾を思わせるような意匠がつけられていた。一見すると犬の尻尾が生えているようにも見える。

さらに頭には犬耳付きのカチューシャまで……。

そのような状態で、コロシアム内部を歩かされる。四つん這い状態で——まさに、犬の散歩そのものという姿だった。

そこまで輝夜は強い矜持というものを持っているわけではない。それでも悔しさを覚えずにはいられないほどに屈辱的な状況だった。

だからといって散歩を拒絶することはできない。逆らおうとすると——

「あっぐ！　おぐううっ!!」

強く散歩紐を引っ張られてしまう。これに対して逆らう術はない。ギュッと首輪で首を絞められつつ、引っ張られるがままに、観客たちに惨めな姿を見せつけるようにコロシアム内を歩き回らされた。

（し……りの……バイブが……震える……ボクのお尻を刺激して……くる……）

ぺたぺたと前進する。するとそのたびにバイブが激しく揺れ動き、腸壁を容赦なく刺激してきた。

「おふぅうう！　んっふ……おっおっ――くふぅううう」

そのたびにビクビクッと肢体が震えてしまう。なんだか身体中から力が抜けていくような感覚まで……。

いや、それだけじゃない。

（どういう……こと？　熱くなる……どんどん……さっきよりも……ぼ……ボクの身体……熱くなっていく……）

先ほど散々凌辱された際に感じた肉体の火照りまで、さらに増幅していくのを感じた。

全身が燃え上がりそうなほどに熱くなっていく。特に下半身がジンジンと疼いた。ゴポリッと膣口から精液混じりの愛液が溢れ出す。トロトロと太股を伝って地面に垂れ流れていく様が、異様なほどに淫らだった。

「んっふ……はふぅうっ……はぁっはぁっはぁ……」

自然と息まで荒くなっていく。

（いや……ただ……熱くなるだけじゃない……。これ……き……気持ち……いい。ボク……なんだか……気持ちよく……な……なってる……）

明らかな快楽まで感じてしまっている自分がいた。

(どうして……なんでこんな？　って……か……考えるまでもないか……)

原因はすでにわかっていた。

(ボクの身体に起きていること……その原因は多分……戦紋だ……。戦紋を突かれたせいだ……身体中の神経……多分快楽神経を敏感にされ……て……そのせいで……)

散歩開始前に首輪をつけられた時のことを思い出す。あの時、晶は首輪をつけるだけではなく、輝夜のこめかみに触れるという行為も行ってきた。あくまでも触れる程度でしかない。が、戦紋によってはその程度でも十分効果を発揮することができる──ということくらいは、輝夜だって知っていた。

ただ、わかったところで対処方法はない。

「はふうう……んっく！　くふっ！　ふうっふうっ……ふぅううう」

ただひたすら耐える。効果が切れるまで──できることはそれしかなかった。

「あら？　なんだか息が荒くなってきてるみたいですわよ。大丈夫？　もしかして具合でも悪いんですの？」

そんな輝夜にわざとらしく御子神が問いかけてくる。

「べ……つに……なんでも……な……い……」

「そう、ならいいのですけど、無理は禁物ですわよ」

「ぼ……くは……貴女の好きにはならない」

いちいち挑発的な御子神を睨む。

「あら、怖い顔ですわね。まだそんな顔ができますの……。うふふ、ですけどその顔、果たしていつまで保つか……ああ、楽しみですわぁ♪」

本当に嬉しそうに笑う。

（ボクを……舐めるな……。この程度……なんでもない。ボクは……拳聖……そう、拳聖輝夜だ……）

正直言えば自分の二つ名はあまり好きではない。

自分はまだまだ修行中の身なのだ。拳を極めし者という意味を持つ拳聖を名乗るにはほど遠いと思っている。

だが、それでも今回は敢えて自分自身を心の中で拳聖と呼んだ。そう言い聞かせることで、なんとか自身を支えようとするように……。

耐える。耐える。耐える。敵の好きにはならない。必ず隙を見つけ、逆転してみせる。正しい力というものを見せつけてみせる――そう心の中に誓った。

「さぁ、来い」

しかし、グイッと強く首輪を引っ張られると――

「ぐふううう！　あっぐ！　あっあっ――くひんんんっ!!」

（あああ……な……に……これ？　く……苦しい。首を絞められて……息ができない……。それな……のに……苦しいのに……これ……か……感じる？　き……気持ちいい？　そんな……こんなことで……）

感じる苦しみが性感へと変換されていく。

「んふううっ！　あっあっ！　くひんんんっ!!」

ブルブルと太股が震えた。

白い肌が桃色に染まっていく。全身からどこか甘い牝の香りを含んだ汗が分泌された。

「あら？　なんだか可愛い声ですわね。もしかして貴女……首輪を引っ張られただけなのに感じましたの？　感じちゃいましたのぉ？」

当然こちらの反応に御子神は気付く。

「……ば……かげたこと……。こんな……はぁっはぁっ……ぼ、くは……こんなことでか……感じたりなんかしな――」

この敵の言葉をもちろん否定しようとする。

けれどその刹那――

「ふっひ！　んひいいいっ!!」

さらに強く首を引っ張られてしまった。

先ほどまで以上に首輪が細い首を絞めてくる。しかも、それと連動するように尻に挿しこまれたバイブまで激しく震えた。

（尻……し……りの中で震え……あああ！　震えてる！　これ……駄目だ！　あああ……気持ちいい。か……んじる。これ……よ……よすぎるぅううっ!!）

「んあっ！　あっあっあっ！　ふっひ……んひぃいいいっ！」

感じてしまうものは、全身が蕩けてしまうのではないか？　などということさえ考えてしまうような肉悦だった。耐えきれずに甘い嬌声を漏らしてしまう。

反射的に尻を左右に振ってしまう。愛液や汗が、この動きに合わせてビュッビュッと周囲に飛び散った。

「雌犬が啼きながら尻尾を振って喜んでるぞ」

「そんなに気持ちがいいのか？　ってか、犬みたいに散歩させられて感じるって……拳聖ってド変態だったんだな」

この様を見て観客たちが笑う。輝夜が感じてしまっていることは、どうやら彼らから見ても一目瞭然らしい。

（き……づかれては……い……いけない……。こんな……こ……とで……感じてるなんて……絶対……絶対気付かれては……だ……め……）

羞恥を覚えざるを得ない。

「んふうう！　んっふ……ふー。ふー。くっふぅうううう」

だからこそ、必死に唇を引き締める。なんとか嬌声だけは抑えようと努めた。

が、そんな輝夜を嘲笑うかのように「ほら、もっと早く歩け！」晶が容赦なく首輪をさらに引っ張ってくる。

「おぶえっ！　ふぎいい！　おぐううっ!!」

またも首が絞められる。息が詰まることとなってしまう。だというのに——

（あああ……き……気持ちいい。なぜ？　息……できない……苦しいのに……ボク……これ……かん……じる……。気持ちよく……なる……）

苦しみが愉悦に変換されてしまう。

肉体に刻まれるものは、全身がドロドロに蕩けてしまうような、思考もできないほどに頭の中がグチャグチャにされていくような、そんな感覚だった。

（これ……何か……来る……。知らない……ボクの知らない感覚が……ふ……膨らんでくる？　これは……な……あっあっ……なに？　まさか……まさか……こ……れが……んんんん……これ……が、絶頂く？　絶頂くって感覚!?）

一子相伝の羽衣流——羽衣家に生まれたその日から、羽衣流後継者としての人生が始まった。

幼い頃からひたすら修行、修行、修行の毎日。一日中鍛錬を行い、泥のように眠る。

そんな生活を繰り返してきた。

それ故に、輝夜は性感というものを知らない。知識こそは持っているものの、自慰さえ行ったことはなかった。だからこそ、性感というものを知らない。絶頂感というものを知らない。

それでも、今自分が感じている感覚の正体に、なんとなくではあるが気付く。というよりも、気付いてしまう。

（これは……いけない……。こんな……大勢の前で……この感覚にな……流されては駄目。耐える。耐える……耐えるぅぅう）

葛木やレインが皆の前で晒してきた痛々しい姿を思い出す。彼女たちのようにはなりたくなかった。だから必死に膨れ上がってくる身体中が蕩けるような感覚を抑えこもうとする。

「んふうう！　むっふ！　ふうっふうっふぅううう!!」

必死に口唇を引き締め、漏れ出そうとする嬌声を我慢しつつ、覚えてしまう愉悦までなんとか抑えこもうとした。

しかし、敵はこちらの考えなど斟酌《しんしやく》してはくれない。

躊躇なく首輪を引っ張ってくる。どういった仕組みなのかはよくわからないが、尻に突きこんだバイブの震えをより激しいものに変えてくる。

「んああっ！　あっひ！　ひほおおおっ！　おんっおんっ――おんんんん!!」

　耐えられない。無様な悲鳴を漏らしてしまう。まるで獣のような悲鳴を漏らしながら、のたうつように身体を震わせてしまってさえいた。

（だ……め……。こんな……声なんか出しては……でも……抑えられ……ない。首を引っ張られると……身体中から力が……ぬ……抜けそうに……なる……。尻の中……バイブでし……げきされるのが……い……いい。我慢できないほど……かん……じるぅうう）

　どうしようもないほどに愉悦を感じてしまっている。快感を否定することなんかできない。

「おほぉおおお！　ふっほ！　おっふ……くほぉおおお」

　尻の中をかき混ぜられるような感覚が心地いい。もっとかき混ぜて欲しい。もっと奥まで挿入れて欲しい――とても訴えるように、バイブを腸壁で締めつけてしまう自分さえいた。

　ただ、それでも――

（な……がされない……。この感覚だけは……抑える……。絶対に……耐えてみ……せる！　負けない！　絶対……ぜ……ったいにぃいい）

　膨れ上がってくる絶頂感と思われるものだけは抑えこむ。犬のような姿で無様に達することなど、拳士としてではなく、人として許すことができなかったから……。

だから耐える。

「はっふ！　ふほぉっ！　おっふぅうう……ふうっ……ふうっ……くふぅうう……」

晶に引かれ、本当の犬の散歩のようにコロシアム中を四つん這いで進む。荒い息を吐き、全身から汗を垂れ流し、愛液や精液を失禁でもしているみたいに漏らす。拳聖とは思えない無様な姿だった。それでも、そんな姿を晒しつつも、最後の一線だけは守り続ける。

「はっひ……んひぃい！　おふうう……おー。おー。おー……おほぉおおお……」

（おかしくなる。ボクが……ボクでなくなりそう……。頭の中が変になる……。我慢したくない。つらい……もう……耐えたくない……。でも……だけど……ボクは……負けるわけには……い……かない……。間違っているものが勝つ……なんてこと……あっては……い……いけないからぁああ！）

意地だけじゃない。強い使命感で自分を支えていた。

「さぁ、そろそろマーキングの時間ですわ。犬だったらしっかりマーキング致しませんとね。うふふふ」

が、そうしてどれだけ頑張ったところで、御子神は責め手を緩めてなどくれない。

「ま……マーキング？　ど……どういう意味？」

「そのままの意味ですわ。貴女は犬なのですわよ。自分の縄張りを主張しないとね。おしっこを出すことで」

「な……そ……そんなこと！　ボクがするとでも!?」

「しますわよ。ねぇ、晶」

師は弟子へと視線を向ける。

「悪いな」

これを受けた晶は一言謝罪するような言葉を口にすると共に、トンッと輝夜の背中を指で突いてきた。

「せ……んもん？　一体……ボクに……何を!?」

戦紋を突かれた――それは間違いない。しかし、一体なんの気穴を突かれたのか？

それがわからない。疑問と同時に恐怖さえ感じ、敵に問うた。

「すぐにわかる」

「すぐにって……どういう――」

意味？　とさらに問いかけを重ねようとしたところで、輝夜は異変に気がついた。

「こ……れ……なに？　あああ……嘘？　どうして？　んっく……おぅうう！　くほっ！　ふほぉおおお!!」

太股同士を擦り合わせるようにキュッと引き締める。同時に下半身に力をこめた。

なぜそんなことをするのか？　その理由は簡単だ。

（おしっこ？　ボク……なんで？　こんな……尿意が……漏れそうなくらいに……ふ……膨らんできた……。まさか？　こん……な……ことって……）

「おふぅう！　おっおっおっ……んおぉおおお」

どうしようもないほどの尿意を感じる。膀胱が破裂してしまうのではないかと思うほど強烈な尿意を……。

「どう？　おしっこがしたいでしょう？　どうしようもないほどに。御子神流の神髄は戦紋を突くことで気穴を乱し、敵の身体を意のままとするというもの。対象の生理現象を操るくらいわけなく行えるんですの」

勝ち誇ったように御子神が語る。

「さぁ、出したいなら出しなさい。この場でおしっこを……。マーキングするの。みんなの前で本物の犬のようにっ!!」

どこまでも嬉しそうに、楽しそうに、容赦なく命を下してきた。

「……したく……なんか……ない……。ボクは……おしっこな……んか……したくは……はぁっはぁっはぁっ……な……ないぃぃいい！」

本当のことを言うとしたい。出したくて出したくてしようがない。ここがトイレでなくても、観客たちの前であっても関係ない。とにかくこの場で排尿したい——と、本能は悲鳴を上げていた。

それでも否定する。

敵に言われるがままになることを心がよしとしていなかった。

とはいえ、意地を張ったところで尿意は消えてなどくれない。それどころか、時間が経てば経つほど、より大きくなっていく。膨れ上がってくる。

頭がおかしくなってしまうのではないか？　とさえ思えてしまうほどに……。

「はっぐ……ふぐぅぅうっ！」

それでも必死に膀胱を引き締め、失禁を抑えこもうとする。

だが、そんな輝夜をさらに責め立てるように、

「そう……おしっこしたくないの。だったら仕方ないわね。お散歩を続けなさい」

御子神は晶に命じる。

これを受けた晶はなんの手加減もすることなく——

「おっぐ！　ふひいいいっ!!」

再び首輪を引っ張ってきた。

（だ……め……も……れる……。漏れちゃぅぅぅうっ！）

当然のように性感が走る。身体中から力が抜けそうになるのを感じた。膀胱だって開きそうになってしまう。

「ふっぐ！　んぐうううっ!!」

それでもなんとか下半身に力をこめ、必死にお漏らしだけは抑える。

けれど、そのせいで膀胱だけでなく肛門まで引き締めることとなってしまった。バイブを強く咥えこんでしまう。

「おふうう！　おんっおんっ――おほぉおおおおっ!!」

腸壁がバイブで震わされる。膨れ上がる性感。

その上、肉壁を通じてその振動は膀胱にまで伝わってくる。

「おおおお！　む……り！　こんな……ボク！　無理っ!!　無理ぃいいいいっ！」

尋常でない刺激だった。否定することができないほど強烈な愉悦に、身体中が包みこまれていく。

（これ……もう……もうっ……ボク……もううううっ!!）

チカッチカッチカッと何度も視界が明滅する。最早限界だった。自分の意思だけではどうすることもできない。

（漏れる、おしっこ！　ボク……漏らす!!　だ……す……おしっこ……出すぅう!!）

強烈すぎる快感に力が抜けていく。膀胱がクパアッと口を開く。

無様な失禁がはじま――りはしなかった。

「おっおっおおおおおお！　な……んで？　出ない!?　これ……お……おしっこ……

出ない！　出せない!!　どうして？　なんで？　なぜぇぇぇぇぇ!?」

　尋常でないほど小便がしたい。その感覚は本物で、否定することなどできない。だというのになぜだろうか？　どうしてだろうか？　膀胱から力を抜いたのに、尿道を開いたのに、排尿することができなかった。

　わけがわからない。この苦しみから解放されると思ったのに……。

　だから相手が敵であることも忘れて問うてしまう。なぜなのかと、どうしてなのかと。

「なんで出ない？　もちろん、そんなの決まってますわ。貴女は犬なんですわよ。ですから、おしっこする時も犬らしい格好でないとね」

「犬らしい……格好？　ま……まさか……」

　思い浮かぶ姿勢は一つしかない。片足を上げて小便をする自分自身を想像してしまう。

「でも……あ……れは……牡の……牡のポーズで……」

「そんなの関係ありませんわ。あれが犬のポーズ。それ以外わたくしは認めない。まぁ、あれを拒否するのならそれで構いませんわよ。おしっこすることはできなくなりますけどね。でも、貴女にとってはその方がよろしいんじゃなくて？　だってそうでしょう？　あのポーズを取らない限り、貴女はおしっこをすることができない。逆に考えれば、我慢し続けることができるのですよ」

「そ……れは……それはぁあああ……」

確かにその通りだ。御子神が言うとおり、これならわざわざ下半身に力を入れなくても排尿を抑えることができる。

（……これを……逆手に……逆手にとる……さ……かてにぃいい……）

そう何度も自分自身に言い聞かせた。そうすることでなんとか尿意を誤魔化そうとするかのように……。

だが――

（だ……め……無理……。無理だ。したい！　おおおおっ！　お……しっこ……したい……このままじゃ……ボク……おかしくなる。変になる！　馬鹿になるぅうう‼）

一度諦めてしまったためだろうか？　誤魔化しなんかきかなかった。

したい。思いっきり出したい。人前だろうが、敵の前だろうが気にせず小便を解き放ちたい――などということを考えてしまう。わき上がる欲求を抑えることができなかった。

「あ……う……あううう……」

どうしていいかわからない。自分は一体何をすればいいのだろうか？　どうすればこの苦しみからやっと解放されるのか？　わからない。わからない、わからないわからない……。

混乱する。答えを出すことができない。だからだろうか？　縋るような、救いを求めるような視線を晶に、御子神に向けてしまう。

「……つらそうですわね。助けて欲しいんですの？　だったら……わたくしに負けを認めますか？」

「そ……れは……あぁあ……それはぁあぁあ……」

心がぐらつく。こんなにつらいのならばいっそのこと——そんなことさえ思ってしまう。

「それ……だけは……できないっ！　ボクは……ま……けるわけには……いか……いかな……いかないぃいぃいっ!!」

それでも、まだ理性は完全に消えてはいない。一縷《いちる》でも望みがある限り、諦めるわけにはいかなかった。

「なるほど……。凄い精神力ですわね。敵ながらあっぱれといったところですわ。そんな貴女にご褒美……その苦しみから解き放たれるヒントをあげますわ」

「ひ……んと？」

「そう……一瞬の屈辱など最後に勝つためならばどうでもいい。そうは思いませんか？」

「そ……れは……」

「……少しの屈辱がなんだというのです？　むしろ、一回屈辱を晒しても苦しみから解放された方が、逆転するチャンスを引き寄せることができるとは思いませんか？」

耳元で囁いてくる。脳髄にまで染みこんでくるような声だった。

言葉の主は敵である。けれど、彼女の言葉をどんな偉人の言葉よりも正論のように聞いてしまう自分がいた。

（そうだ……確かに……御子神が……言うとおり……。一度スッキリすれば……また……意識を戦紋解除に集中で……きる……。そうすれば……逆転する好機だって）

素直に敵の言葉を受け入れてしまう。

まるで言い訳のように自分自身に言い聞かせてしまう。

（最後に……勝つ……そのため……そのためだから……）

思考の歪みに気付くことができない。

御子神に誘われるように、ゆっくりと片足——右足を上げてしまう。

「おっふ！　ふほぉおおおっ」

体勢が変わったことで、直腸に挿しこまれたバイブが蠢く。ケダモノのような声を無意識のうちに漏らしてしまう自分がいた。

全身が弛緩しそうになる。足を上げることすらつらいと思えるほどに……。

それでも必死に足を上げる。

（出す。おしっこ……する。勝つため……。力を持つものの……せ……責任をはた……んっふ……むふうう！　は……たす……ためにぃいい）

無様なまでに身悶えながら、クパッと膣口が左右に押し開くほどに、まるで観客たちに自身の秘部や尿道を見せつけるように、大きく足を上げた。

これを見た観客たちが「オオオッ！」とどよめく。全員の視線が自身の秘部に集まってくるのを感じた。

（見られてる……ボクの……大切な部分を見られてる……。違う。それだけ……じゃ……ない……。これからおしっこ……おしっこするところまで……。恥ずかしい。見せたくない。でも……だけど……）

仕方がない。

諦めと共に——

「ほっふ！　おっおっ——くほぉおおおっ!!」

じょっぼ！　じょろろっ！　ぶじょおおおっ——黄金水を解き放った。

「あああ……で……てる……おしっこ！　ボク……してる!!　犬……い……ぬ……みたいな……おっおっ！　ふほぉおおお！　か……格好で……お……しっこ……んっひ！　くひいいい！　おしっこしてる！　しちゃって……るぅうう!!」

小便が溢れ出す。

　これまで我慢に我慢を重ねてきたものを解き放つ――凄まじい解放感を覚えた。

　しかも、それだけではなく――

「あああ！　す……ごい……これ！　う……嘘!?　なんで……こ……れ……きも……き……きもち、んっひ！　ふひいいいい！　気持ち……いひぃいいいい!!　おしっこ！　た……だの……おしっこ！　小便！　小便なのに！　ふっひ！　んひぃいいいいっ!!」

　戦紋を突かれた肉体は、どうしようもないほどの快感まで覚えてしまう。

「いいっ！　い……いっ！　いひぃいいいい♥　こ……れ……気持ち……おしっこ……気持ちよすぎる!!　どうして？　なんで……おおおお！　おかしくなるっ♥　これ……よすぎて……お……かしくなりゅう♥　あああ！　駄目……これ……駄目だ！　これ……駄目だぁあああっ!!」

　感じるものは、頭の中がグチャグチャになりそうなほどに凄まじい性感だった。自分が自分でなくなってしまうのではないか？　などという恐怖さえ覚えてしまうほど強烈な……。

　だから残った理性がこの快感に溺れてはならないと警告を発してくる。

「んっひ！　くひいいっ♥　だっめ……駄目……なのに！　おおお！　これ……無理!!　と……められなひっ！　おおお！　無理ぃいい♥　よすぎて……あっひ♥　んひぃいい！　よ……すぎてとめられにゃいのぉおお♥」

しかし、頭の中でいくら止めなければならないと思ったところで、性感を遮断することなど不可能だった。

「出続けるぅうう！　おしっこ！　ボク……おひっこ漏らしちゅづけるぅう♥　じょーじょーでりゅ♥　おじっご……どまらなひぃいい♥　ボク……これ……ボク……もうっ！　もうっ――もうぅぅううっ!!」

弾ける愉悦に全身が包みこまれていく。

ビクッビクッビクッと震えつつ片足を上げながら小便を漏らす。などという無様すぎる状態を晒しながら――

「ふっほ！　いぐっ！　これ……ボクっ、いっぐ♥　いぐいぐいぐ――おじっご！　おじっご漏らすの気持ちいい……よしゅぎて……いぐのっ！　いっぎゅぅう♥♥♥」

輝夜は絶頂に至った。

黄金水を撒き散らしつつ、拳聖とまで呼ばれた拳士とは思えないほどに無様に表情を蕩かせながら、生まれて初めての絶頂に至る。ただの放尿で……。

「あっひ！　いいっ♥　こんな……駄目……な……のに……いひっ！　いひっ♥　いひのぉおおお♥♥♥　おっおっおっ――ふほぉおおおお♥」

何も考えられない。愉悦だけに思考が支配されていく。

（凄い！　これが……これが絶頂く!?　絶頂くってことな……の？　す……ごい……

くっ……ごく……いひのっ！　これ……よしゅぎるのぉおおお♥♥♥）

凄すぎる!!　いいっ！　気持ち……いひっ♥　しゅごく……おおおお！　しゅ……ご

　止まらない愉悦に身悶える。

　止め処なく溢れ出す小便。そんなものをひたすら、ただひたすら撒き散らしながら、肉悦に心も身体も蕩かせていった。

＊

「どう？　わたくしの軍門に降る気になった？　負けを認めるのであれば、今みたいな快楽をずっと味わうことができますわよ」

「おっふ……んふうう……おっおっ……おほぉおお……」

　問いかけに対して答えることができない。足を蟹股に開いた状態で地面に俯せに倒れながら、肢体をだらしなく震わせ続けることしかできない。

「答えがありませんわね。では……もっともっと教えてあげなさい晶。さらなる快楽を刻んであげなさい」

「さ……ら……にゃる……かひらく？」

　その言葉を耳にするだけで、身体が熱くなる。下半身が疼く。今以上の快楽を与えられる？　考えるだけでゾクゾクするものを感じた。

「あ……駄目……や……べで……おにぇがひ……ボクが……ぼ、くで……なくなりゅ……らから……ら……から……おぉおお……ひゃめてぇええ……」

ただ、同時に恐怖も覚えてしまう。先ほど与えられた愉悦は、頭の中をグチャグチャにかき混ぜられるような性感だった。再びあんな愉悦を刻まれたら、思考力を保つことなんかできなくなってしまう気がする。自分が自分でなくなってしまうような気がした。それが恐ろしい。怖い。だからやめてくれと訴えるのだけれど、御子神たちが聞き入れてくれるはずなどなく――

「おっほ！　ふほぉおおおっ！　こっれ……ふっひ！　んひいいい！　は……いって……挿入ってきた♥　膣中！　ボクの……ぼ……くの膣中に……大きくて……熱いのが……おんっおんっ……おんんんん♥　は……いって……きたぁあああ♥」

ぐったりと倒れたままの輝夜にのし掛かるようにして、背後から晶が肉棒を蜜壺に挿入してきた。

「おおおお！　熱い！　あちゅいのが……広がるっ！　これ……膣中！　ボク……の……な……か……熱くて……硬いので……いっぱいにさ……れりゅう♥　つぶ……れる……これ……ボクの身体……男ので……ちん、×んで……つぶ……されりゅう」

未だに尻にはバイブが挿入されたままである。痛々しいほどに肛門は押し広げられていた。そのような状態で膣まで押し開かれていく。肉棒と性玩具によって身体が挟まれる。二つの棒で身体が押し潰されてしまうのではないか？　そんなことすら思ってしまうような圧力を感じた。

「おおお……ボクの……身体……こ……われるぅうう！　なのに……これ……どうじで？　なんでぇええ!?　しゅごい……きも……ち……いい♥　こわれ……ちゃいそうなのに……あそこ……裂けそう……なのに……これ……嘘……ボク……また……またぁあああ!!」

だが、感じるものは圧迫感だけではない。というよりも、その圧迫感も、苦しみとは違うものだった。

身体が押し潰されるような感覚が、明らかな快楽へと変換されていく。それも普通に気持ちがいいと感じるだけのレベルではない。それこそ挿入されただけで——

「絶頂っく♥　いぎゅっ！　いぎゅいぎゅいぎゅっ——いっぎゅぅうう♥♥♥」

達してしまうほどに性感は強烈なものだった。

「ふっほ！　おほぉおおおっ!!」

無様なほどに表情が蕩けていく。だらしなく口が開き、舌さえも伸ばしてしまった。ビクッビクッビクッと電流でも流されたように激しく肢体が痙攣する。獣の呻きのような嬌声を漏らし、響かせてしまう自分がいた。

「挿入れられただけで絶頂。素晴らしい姿ですわ。でも、本番はここからですわよ」

御子神が呟く。するとこの言葉に反応するかのように、晶が膣奥にまですでに到達している肉棒を、さらに突き出してきた。

「う……うぞっ！　おおおおっ！　うぞっ!?　うぞぉおおおっ!!」

亀頭が子宮口を押し開こうとしてくる。

「む……りっ!!　くっほ……おほぉおおお！　こ、れ……いじょう……なんて……むり……。は、いらない！　挿入る……はずが……な……いぃいいい……。だから……もう……もうぅうう」

これ以上はやめてくれと訴える。必死に願う。懇願する。

「大丈夫ですわ。そこには赤ちゃんだって挿入るんだから♪」

けれど、御子神紅葉に慈悲はない。笑顔で冷酷な言葉を向けてくる。

当然晶も止まってなどくれず、背後からこちらの両手を摑み、ぐったりと倒れた上半身を無理矢理持ち上げてくると同時に――

「おっく……おおおお！　ぼ……くの……くっほ！　ふほぉおおお!!　ボク……の……お……く……おっくまで……く……る！　男のも……のが……ボクの……ぼく……のぉおおおっ!!」

ボコオオッと下腹部が内側から膨れ上がるほどの勢いで、子宮奥までペニスを打ちこんできた。

「おっほ！　むほぉおおおおおっ!!」

瞳孔が開いてしまうのではないか？　そう思えるほどに瞳を痛々しいまでに見開く。

同時に――

「あああ……ま……た……おじっご！　ボク……おじっご……まだ……まっだ……だひて……もらじで……もらじぢゃっでりゅうう♥　おぉおおお♥　ふっほぉおお！」

子宮内挿入の圧力で膀胱が押し潰されたことにより、再び輝夜は失禁した。

晶と繋がり合ったまま、ジョロロロロオッと黄金水を撒き散らす。濃厚すぎる小便臭を周囲に撒き散らした。

「お……もらじ……また……おもらじ……じで……ぼ……く……これ……また……ふっひ！　んひぃいいいい！　お漏らしで……お……漏らしでまだ……まだぁあああ！」

膨れ上がる肉悦を自分で制御することができない。どうしようもないほどの性感。

頭がおかしくなりそうなほどの快楽――失禁と共に全身がそんなものに包まれていく。

快感を抑えこむことなどできない。

「おほっ♥　くほぉおおおお♥♥♥」

視界が白く染まった。

（いって……また……ぼ……く……絶頂って……絶頂ってりゅぅうう♥　しゅごい……しゅごすぎる……止まらない……気持ちいいの……とまりゃなひぃいい♥♥♥）

先ほど達したばかりの肉体がまた絶頂に至ってしまう。キュウウッと肉壺を収縮させ、子宮全体でペニスを締めつけながら、全身を駆け巡っていく愉悦に何度も何度も肢体を痙攣させた。

「はっふ……おっ♥ おっ♥ ふほぉおおお……」

身体中が弛緩していく。このまま瞳を閉じ、眠ってしまいたい——などということさえ考えてしまう自分がいた。

だが——

「あああ! う……ごき……はじ……始めた! 膣中で……硬いのが……かた……くて……あぢゅいのが……ぼ……くの……膣中……膣中で……おおおお! な……かでぇええ」

休む間など与えないとばかりにペニスが蠢き始める。トロトロに蕩けた子宮内をかき混ぜるように、巨棒が動き出した。

「だ……め……絶頂った! ボク……いった……ば……かり……だから……今は……い……まはぁああ!!」

必死に止めようとする。

(これ以上……いか……絶頂かされたら……死ぬ……。気持ちよすぎて……ボク……死ぬ……ほんとに死ぬ……)

冗談ではなく本気でそう思った。

だからこそやめてくれと訴えるのだけれど、届かない。聞く耳など持ってはもらえない。それどころかこちらが訴えれば訴えるほど――

「おおおお！　ず……ずん……ずんずんって……来る！　お……く！　ボクの……ぼ……くの奥を……たた……いてくりゅう♥　大きいのが……かた……ひのが……ずん……じゅんじゅじゅんって……何度も……なんろもたたいてくりゅう♥」

晶によるピストンは激しさを増していった。

ドジュッドジュッドジュッドジュッドジュッと腰がいくたびも打ち振るわれる。膨れ上がった亀頭が、何度も何度も子宮壁を叩いてきた。まるで肉槍でこちらの身体を串刺しにしようとでもしているかのように……。

「ふっひ！　おひぃいいっ！　こ……わ……れる……。ごわれるぅううっ!!　しゅごい！　き……もち……きもひよじゅぎる！　よ……じゅぎで……ボク……の身体……おま×こ……しぎゅーがごわれるぅうう♥」

子宮だけじゃない。身体の中全体が、内臓が、犯されているようだった。いや、内臓だけで終わる話じゃない。

（頭……ボクの……頭の中まで……おか……犯される……みたいぃいい！　ぐちゃぐちゃになる……滅茶苦茶になる……何も……おおお！　な……にも……考えられなく……なりゅうう!!）

まるで脳髄まで肉棒でかき混ぜられているかのようだった。

刻まれる快感――これに対抗する術などない。どうすることもできない。

「いっぐ！　まだ……ま……だ……いぐっ！　ボク！　いぐっ！　いぐいぐ――いっぎゅぅうう♥」

できることは肉悦に悶え、達することだけ……。

「ああぁ！　とま……らなひ！　ボク……いってりゅのにぃいい！　ズンズンッて動き……どまらなひっ♥　これ……いぐっ！　絶頂きながら……絶頂っく♥　絶頂くのが……いぎゅのがどまらなひぃいい！　おおお！　おっほ！　んほぉおお♥♥♥」

達しながら達する。絶頂に絶頂を重ねていく。

逆襲のために、勝つために、自分の正しさを証明するために、奴隷にされた二人を救うために、戦紋効果を解く――そのはずだった。けれど、そんなことを考える暇さえなかった。

「すごひっ！　いひっ！　いひのっ！　おぉおおっ♥　これ、よしゅぎるのぉお♥」

気持ちいい。気持ちいい。気持ちいい――それだけに心が支配されていく。

「もっと！　お願い！　おねがひらぁあああ♥　もっと……もっともっともっと！　ボクを感じ……させて！　気持ちよくしでぇえ！　もっと……もっとぉおお♥」

気がつけば自分からさらなる快楽を求めるなどということさえ……。

「うふふ……もっと……そうですの。うふふ、もっと気持ちよくして欲しいんですの……。でしたら……認めます？」

「み……とめる？」

「そう……敗北を」

「そ……れは……」

一瞬硬直してしまう。

快楽に歪みきった思考が、ほんの刹那の瞬間ではあるけれど、冷静さを取り戻していくのを感じた。

「さぁ、どうします？」

「あ……だけど……それは……で……も……」

「まだ迷いますの？　何を迷う必要があると言いますの？」

「なにをって……御子神……あ……なたの力……の……おっおっおっ……っ……使い方は……間違った……もので……」

私利私欲のための力などあってはならない。そんなものは間違っている。

「まだそんな戯言を言いますか……。はっきり言いますわよ。間違っているのは貴女ですわ。正しいのはわたくし。力とは……己のために使えばいい。それのどこが悪いんですの？　何がいけないと？」

「何がって……それは……そ……れはぁあああ……」

「自分の思うがままに生きる。それこそが生物の正しいあり方ですわ。我慢して生きる？　それの何が正しいの？　快楽を欲する。愉悦を欲しがる――それの何が悪いんですの？　そうでしょ？　貴女だってそう思うでしょ？　もっと気持ちよくなりたいって……そう思ってるんでしょ？」

「そ……れは……それ……はぁあああ……」

愉悦に弛緩した脳髄に、御子神の言葉が染みこんでくる。理性を上書きしてくる。

「わたくしの奴隷になった二人だって……今は幸せですわ。だってわたくしに従っていれば気持ちがいいんですもの。最高に心地いいんですもの。快楽をずっとずっと味わうことができるんですもの。ねぇ、貴女だってそう思うでしょ？　この快楽をずっと味わっていたいって……思うでしょ？」

瞳を覗きこみながら問うてくる。

「ずっと……味わえる……この……快楽を……この……気持ちよさを……」

「そうですわ。味わえるの。我慢などしなければね。意地を張ったって不幸になるだけですわよ。正しく生きていこうなんて思ったってつらいだけですわ」

何が正しいのか？　何が間違っているのか？　わからない。これまで自分の信じてきたものが崩れていく。何を信じればいいのか？　何に縋ればいいのか？　何もわからなくなってしまう。

「今自分が欲しているもの……それを口になさい。貴女が求めているものはなんですの？」

「ぼ、くが……求めるもの……それは……あああ……ボクは、ボクはぁああ……」

ボロボロと眦から涙が零れ落ちていく。輝夜の心は限界だった。

「ら、くになりたい……。苦しみたくない……。気持ち……よく……なりたい……」

泣きながらそう口にする。

「うふふふふ……だったら、何を口にすべきか……わかりますわね？」

微笑む御子神――逆らうことなどできなかった。

「ボク……ぼ……くの……負け……ま……け……でしゅ……」

認める。敗北を受け入れる。

「だ……から……らから……お願い……お願いでしゅ……気持ちよく……もっと……もっと……気持ちよく……して……下さい……。何もかも……忘れられる……くらいに……お願い……しましゅぅうう」

身体中をぶっかけられた白濁液でドロドロにしつつ、バイブを尻に突っこまれ、子宮まで犯されながら懇願した。さらなる快楽を願った。

「そう……そう、そうっ！　いいわ！　いいですわよ！　刻んであげますわ！　最高の……あああ……最高の快楽を……貴女にぃいいっ♥」

この願いに御子神が応えてくれる。歓喜を隠せぬ表情を浮かべながら「晶ぁああっ！」女帝は弟子の名を呼んだ。

「……了解……」

これに静かに答えた晶が――

「おっほ！　むほっ！　くほぉおおおおっ!!」

より激しく腰を打ち振るってくる。破裂しそうなほどに膨れあがった肉槍で、幾度も幾度も子宮を蹂躙してきた。

「すっごひ！　はげしい！　おおおおっ!!　こ……れ……いいっ♥　いいのっ！　いいのぉおおお♥」

快感が爆発する。

どうしようもないくらいに全身が性感に包みこまれていく。

「しゅごいっ！　き……もちいいっ♥　最高♥　子宮……滅茶苦茶にされるの……さいごぉおおお♥」

幸せだった。

正しい力の使い方とか、責任だとか、そんな小難しいものはすべて吹き飛んでいく。

気持ちいい。気持ちいい。気持ちいい――感じるものは快感だけだった。

「いぐっ！　ボクっ！　いっぐ！　また……いぐっ！　いぐいぐいぐ――こ……れ……いぐ♥　ボク……また……またぁあああ!!」

激しく突きこまれる腰。それに合わせるように自らも肢体をくねらせながら、膨れ上がっていく絶頂感に抵抗することなく身を任せる。子宮だけじゃない。肉壺全体で挿入された凌辱棒を締めつけながら、肉悦に溺れた。

「射精す！　行くぞ！　膣中に――射精すっ!!」

これに応じるように晶も限界を伝えてくる。ただでさえ大きな肉棒が、子宮内で不気味なほどに膨れあがっていくのを感じた。

「だ……して！　きて!!　射精♥　ボクの……膣中……おま×こに……射精して！　たくさん……た……くさんんっ♥」

射精を求める。蜜壺を、子宮を、肉汁で満たして欲しい――心も、身体も射精を求めていた。

「くおおおおっ!!」

晶が腰を突き出してくる。これまで以上に奥にまで――子宮の形が歪むほどの勢いで、肉先を叩きつけてきた。

「おっほぉおおおおっ!!」

性感が雷のように、秘部から脳天までをつんざいていく。

刹那――

「ふっひ♥　来たっ!!　おおおお♥　きった！　来た来た――来たぁああああ♥」

射精が始まった。

「で……てる！　膣中！　ぼ……くの……膣中に……おま×こに……しぎゅーに……せーえき……でて……るぅうう♥　ドビュドビュって……流しこまれてるぅうう♥　凄い……熱い！　熱くて……いい！　こ……れ……いいの！　いいっ！　いいのぉおお♥　よすぎて……ドビュドビュ膣中射精し……よ……すぎて……ボク……もう……ボクぅうう!!」

一瞬で子宮が白濁液で満たされる。

その射精量は尋常ではない。ただでさえ突きこまれた肉棒によって膨れ上がっていた下腹部が、さらに内側からボコオオッと膨らむほどだった。

肉壺が熱液で圧迫される。その感覚すら心地いい。最高に気持ちがいい。耐えることなどできない。我慢することなどできるはずがなかった。

「絶頂っく！　ボク……いぐっ♥　これ……いぎゅううう！　膣中射精し……膣中射精しで……いっぐ♥　おま×こせーえきでいっぱいにされ……て……おっほ!!　むほぉおおおおおおお♥♥♥」

グルンッと瞳が半分白目を剝く。唾液が零れ落ちてしまうことも厭わず口を開き、

だらしなく舌を伸ばした。身体中が痙攣する。結合部からは再び尿が溢れ出す。

拳聖とまで渾名された者とはとても思えないほどに無様な有様だった。まるで性処理のための肉人形のような姿……。

無残と形容してもおかしくはないだろう。

けれど、それでも――

「ふっひ♥　んひっ！　はひぃいいいい♥」

肉悦に悶える輝夜は笑っていた。幸せだった。

(いいっ♥　これ……いいっ♥　いいのぉおおお♥♥♥　これが……こ……れが……欲しかったのぉおおお♥)

拳士としての面影などどこにもない。まさに奴隷そのものという姿――そんなものを晒しつつ、与えられる性感に輝夜は溺れた。

肉棒が、快楽があればそれでいい。他の何もいらない……。

拳聖はここに堕ちたのである。

真の最終戦　女帝・紅葉、下克上でマゾ覚醒

（やった……勝った！　大勝利！　まさに大勝利ですわ!!）

拳聖が堕ちた。

自分に多大な屈辱を刻みこんでくれたあの羽衣輝夜を、御子神流の手で倒したのだ。

それもただ勝ったのではない。自分が受けた以上の屈辱を味わわせ、最大級の恥辱を与えるという方法で……。

しかも、それだけじゃない。

（これで制した。闇の闘技大会を……御子神流が!!）

これほど喜ばしいことはない。

「あは……あはは……あははは……あはははははっ!!」

自然と笑いがこみ上げる。

（最強！　御子神こそが最強!!　いいえ……違う。わたくし……わたくしこそが最強なのですわ！　誰もわたくしには逆らえない。誰もわたくしには敵わない!!　その高みにまで上りつめたっ！）

己の力を証明する。御子神こそが――いや、御子神紅葉こそが最強だということをすべての愚民に知らしめる!!　それだけを追い求め紅葉は生きてきた。

それが今ここに証明されたのである。

実際戦ったのは紅葉ではなく晶だが……。

（でも、それがなんだと言いますの？　問題など何もありませんわ。なぜならば、晶にはわたくしのすべてを伝えているから。その上、晶はわたくしに逆らうことはできない。即ち、晶はわたくしの道具と言っても過言ではない）

勝つためにはどんな手段を使っても許される。どんな道具や武器を使ったって、どんなに卑怯な手を使ったって構わない。それも含めてすべて実力なのだから……。

故に道具である晶は自分の身体の延長でしかない。晶の勝利は自分の勝利なのだ。

（後は、これからどうすべきか……。わたくしは優秀な手駒をさらに三つも手に入れた……）

葛木玲奈、レイン＝サンセット、そして羽衣輝夜（他にも倒した相手は多数存在するが、奴隷にはしていない。醜い男の奴隷など邪魔なだけでしかない。それに、三人以外は奴隷にしたところで実力的にも役立ちそうにはなかった……）――いずれも世界トップクラスの実力の持ち主たちである。

（晶と彼女たちを使い――大会に出場してこなかった拳士や剣士もすべて滅ぼす。やはりそれが一番ですわね。わたくしに勝てる者などいない。それを完膚なきまでに証明する。そしてわたくしはさらなる高みに上る。誰もが望みつつも成し得ることができなかった地上最強という高みに!!）

ありとあらゆる武術を倒す。すべてを己の前にひざまずかせるのだ。

最強となった自分の姿を夢想しつつ、紅葉はコロシアム中央で行われている表彰式を見つめる。

ただし、表彰式と言っても、その場にいるのは優勝者である晶だけだ。

（優勝以外に意味はない。優勝者以外はすべて敗者ということですわね。こういうところも実にわたくし好みですわ）

しかも、さらに紅葉好みな点がある。

（表彰式と言っても楯やメダル――それに表彰状みたいな無駄なものが渡されるわけでもない。あんなものゴミにしかなりませんからね）

では何が与えられるのかというと、それは実にシンプルなものだった。

「キミは何が欲しい？　優勝者として何を望む？」

という大会運営者からの言葉である。

それだけ、ただそれだけだった。

(でも、それで十分ですわ。さぁ晶……なんでも望みなさい。わたくしのために戦った……褒美ですわ)

最強の称号以外紅葉は必要としていない。だから晶の好きにすればいい。

(……でも、一体何を貴方は望む?)

多少それが気になりはした。

興味と好奇心を抱きつつ、弟子を見つめる。

そんな師の前で弟子は——

「戦いたい相手がいる」

一言呟いた。

(戦いたい相手? 一体?)

今さら誰と戦うというのか?

紅葉は小首を傾げた。わざわざこんなところで願うような相手? そんな相手が果たして晶にいただろうか?

「——まさかっ!!」

そこまで考えたところで一つの答えに辿り着き、思わず紅葉は声を上げた。

その声が聞こえたのだろうか？　晶がこちらを見つめてくる。口元に、これまで見たこともないほどの歓喜の笑みを浮かべながら……。

「そのまさかですよ師匠」

呟くような声だった。

けれど、はっきりと紅葉の耳は彼の言葉を拾う。

「俺は……師匠……御子神紅葉と戦いたい。そのために……俺の戦紋を解除してくれ」

それが桐谷晶の願いだった。

＊

「信じられない……。どういうご都合主義ですの!?　まさか……まさか……御子神しか知らないはずの戦紋解除を大会運営が行うなんて……あり得ません。こんなの……嘘ですわ」

信じがたい。受け入れられない。これは夢なのではないだろうか？　などとさえ思ってしまう。

「これは現実ですよ師匠」

未だ大勢の観客たちが留まっているコロシアム。その中央にて紅葉と相対する晶が笑みを向けて見せてきた。

「晶……貴方……誰を相手にしているのか……何をしようとしているのか……それを理解していますの？　わたくしが貴方にとってなんなのか……それをわかっていますの？」

「もちろんわかってますよ。あんたは俺の師匠だ。だが……父さんの仇でもある」

語りつつ晶は構える。その全身から凄まじいまでの気を放ちながら……。

「……わかりましたわ」

溢れ出す気を感じた瞬間、紅葉も一瞬で覚悟を決めた。

利き腕を失っているとはいえ御子神の拳士である。自身に敵意を持つ者の前で無様に狼狽え続けるつもりなどさらさらなかった。

晶に応じるように紅葉も構える。

「うおおおお！　御子神師弟の戦いか!!」

「御子神の代替わり……それを見られるのか！　この目でっ!!　最高だなぁ」

この様を見た観客たちが沸いた。

「気に入りませんわ……。このわたくしがさらし者になるなんて……この罪……万死に値しますわよ晶」

「今の師匠にそんなことができますか？」

紅葉を見下すように、不敵に晶は笑う。

「二年前……俺はあっさりあんたに敗れた。片腕を使うことができないあんたに……。でも、今の俺はあの時とは違う。あんたがそうしてくれた!!」

「……確かに、今の貴方はあの時とはまるで違いますわ。まともに戦えばわたくしは勝てない」

「それを認めますか。随分潔いですね」

「ええ……。わたくしは自分を必要以上に大きく見せる趣味はありませんから」

「だったら……戦う前に負けを認めますか?」

「いいえ。わたくしは負けを認めない。たとえ貴方の方が腕が立ったとしてもね。なぜならば……」

「なぜならば?」

「勝つのはわたくしだからよ」

まともにぶつかり合えば勝ち目はない。腐っても御子神の伝承者だ。それくらいは理解できる。だが、それはあくまでも一対一の話だ。

「晶……。いつかこんな日が来ることを予見していないわたくしではなくてよ! さぁ、葛木! レイン! そして——羽衣輝夜!! この男を倒しなさい! わたくしに刃向かう馬鹿者に地獄を見せてやりなさいっ!!」

指示を下す。晶が打ち倒してきた三人に……。

確かに三人は三人とも晶によって打ち倒されている。しかし、それはあくまでも一対一の話だ。三対一ならば確実に晶だって倒すことはできるだろう。

「馬鹿か？　あの三人は俺の奴隷になったんだ。師匠が何を言おうが聞かないぞ」

確かにその通りである。

「ええ、その通りですわ。でも……言ったでしょ。いつかこういう日が来ることを予見していたと……。だから、そのためにね……事前に突いておきましたの。三人の戦紋をね。わたくしの命には逆らえなくなるという戦紋――絶対支配穴をっ!!」

パチンッと指を鳴らす。

するとこの音色に反応するように、二人の拳士と剣士がコロシアムに姿を現した。晶を取り囲むように……。

「この大会はね、いざという時のためのセーフガードを探すという目的も兼ねていましたのよ。というワケで、残念ながら貴方の負けですわ晶」

完全なる勝利を確信する。

「そう……勝てるわけがない。晶……貴方如きがこのわたくしに……すべての武術家の頂点に立つ女帝、御子神紅葉に勝てるはずがありませんのよ!!」

見下すような視線と言葉を向ける。

「……なるほど。さすがは師匠といったところか……」

「ふふん。まぁ役者が違うといったところですわ。そういうわけですからおとなしくしていなさい。また……突いてあげますから、わたくしを絶対主とする戦紋を……」

「へぇ……俺を許すのか。意外に優しいな師匠」

「さて、優しいかどうか……それは不明ですわ。何しろ……わたくしはこれから貴方の自我を奪うのですから……。前回以上に絶対支配の戦紋を突くことでね」

「それは怖いな」

ヘラヘラと晶は笑う。

(なんですの？　こいつ……なぜ笑って？)

そこが不思議だった。状況はこちらに圧倒的有利なはずなのになぜ？

本能が警告を発する。

「何を……貴方……何を企んでますの？」

一旦足を止めた。

「さすがは師匠……危機に対する警戒心も一級品ってとこか……。でも、もう遅い。悪いが……もうエリアだぜ」

「——なにっ!?」

その刹那——

「はぁあああっ!!」

完全に支配下に置いていたはずの三人が、晶を取り囲んでいた女たちが、一斉に紅葉に向かって飛びかかってきた。

「馬鹿なっ!!」

まったくの予想外の事態。

一瞬対応が遅れる。

そして――彼女たちの攻撃をモロに食らった紅葉は、そのまま意識を失った。

＊

「……わ……たくしは……一体？　って……え？　これ……これは……何を!?　これはどういうことですの!?」

しばらくして意識を取り戻す。

そこで紅葉は自身が置かれている状況に気付いた。

身体が磔《はりつけ》にされている。観客たちが取り囲むコロシアムの中央で……。

「くっ！　このっ！　このぉおおおっ!!」

大の字の磔台に両手足を鎖で縛られた状態で固定されてしまっていた。慌てて藻掻くが、がっちりとした鎖を引き千切ることはさすがの紅葉でも不可能である。

「いいざまですね師匠」

動けない紅葉の前に晶が立つ。勝ち誇ったような表情で……。その顔は、皮肉にも先ほどまでの紅葉が浮かべていたモノにそっくりだったが、紅葉本人がそれに気付くことはできなかった。

「どういうことですの？　貴方……一体何を……」

「簡単なことですよ、師匠。俺はね……事前に予想してたんです。師匠がセーフガードを用意するってことをね。だから、突いておいたんです。絶対支配穴解除の戦紋をね」

「まさか……。そんな……嘘ですわ」

信じがたい。自分の行動が晶なんかに読まれていたなんて、そんなことがあっていいはずがない。

「わりーが嘘じゃねぇぞ。その証拠にオレはてめーに従う気なんざ一切ねぇ」

「御子神……お前もここまでだ」

「盛者必衰……驕《おご》れる者は久しからず……。御子神紅葉……貴女の負け」

「負け……わたくしの……負け？」

葛木、レイン、輝夜が向けてくる言葉に、紅葉が覚えるものは絶望だった。

「そういうわけだ……。さぁ、どうする師匠？　降参するか？」

「降参？　わたくしが……晶に？」

「そうだ。降参して、俺の奴隷になると誓うか？」

「晶の……奴隷？　そ……そのようなことっ!!」

条件反射のように拒絶しそうになる。

だが――

「……いえ……認める。認めますわ」

言葉を途中で止めると、一転して紅葉はすぐに敗北を認めた。

「わたくしの……負けです」

もちろんこれには意味がある。

（この状況……わたくしに勝ち目はない。それなのに敗北を否定する？　そんなことをすれば間違いなく晶は……）

凌辱を行ってくるはずだ。そのように教育したのは自分自身なのだから、それはよくわかっている。

となると、意地を張っても無駄だ。

意地を張っても辱められるだけ……。無様な姿を観客たちの前で披露することになってしまうだけだ。

だからこそ、ここは一旦敗北を認めるべきなのだと考える。

（そうなればわたくしは解放される。解放さえされれば今回は無理でも、いつか必ず好機が来る。晶を倒す好機が……）

最終的に勝つために……。

一時の敗北など一瞬の恥でしかない。最後に勝利を得ればそれでいいのだ。負けではない。

「さぁ、わたくしは負けを認めましたわ。だから……この拘束を解きなさい」

「……却下だ」

だが、一言の下に切って捨てられる。

「却下？　どういうこと？　負けだと言っているでしょう？」

「確かにそうだ。だが……それはしょせん言葉だけだ。それじゃあ意味がない」

「では、晶……貴方は何を望んでいますの？」

「知れたこと……。完全なる敗北。師匠に心の底からわたくしの負けです!!　と言わせることだ！　だから……覚悟して下さいね……師匠」

「かく……ご……」

ゴクッと紅葉は息を呑んだ。

全身から血の気が引く。

だが、すぐに表情を引き締め、磔にされたままではあるが鋭い視線で晶を睨んだ。

「……わかりましたわ。覚悟を決めます。ですが、わたくしは絶対に負けない。わたくしに完全なる敗北などあり得ない。それを教えて差し上げますわ」

上辺だけ、小手先だけの策略などどうやら通じないらしい。

であるのならば完全な決着をつけるまでだ。

（認めません。わたくしは絶対に敗北など……。そして、必ず隙を見つけ出してやりますわ。耐えて耐えて耐え続けて……逆転の機を……）

その思考はこれまで敗れてきた三人と同じもの——しかし、それに紅葉は気付くことができない。

＊

そして凌辱が始まる。

ただし、凌辱とは言っても始まりは極々軽いものだった。

拘束された紅葉の身体に手を伸ばしてきた晶が、全身を撫で回してくるという程度のものでしかない。

首筋を、脇を、括れを、腰を、太股を、乳房を、指先で優しくなぞられるだけ……。

これまで紅葉の指示の下に繰り広げてきた辱めに比べると、あまりに地味すぎる攻めといえるだろう。

だが、その見た目や動きの地味さとは裏腹に——

「はっひ！　んひいいい！　くっひっ!!　ひっひっひっ——ひぁあああ♥」

（かん……じるぅう♥　これ……わた……くし……感じ……感じて……あっあっ……

凄く……かん……じ……させ……られて……あっあっ♥　感じさせられてしまって……お……おります……わぁぁあ♥）

性感を紅葉は覚えてしまっていた。肉体に快楽を刻みこまれてしまっていた。

晶の指がほんの少し乳房に触れる。グニュッと指先が乳肉をゴスロリドレスの上から押しこんでくる。はっきり言って、ただそれだけだ。だというのに……そのはずなのに——

「いっひ♥　な……これ……こんな……ふっひ！　んひぃいいい♥　こ……んなに……いい♥　いいなんてぇええぇっ!!」

全身が弛緩しそうになるほどの愉悦が走る。少しでも肢体を擦られると、それだけでスカート下に隠された秘部からは、ジュワアアアッとまるで失禁でもしているんじゃないか？　と思ってしまうほど多量の愛液が溢れ出してきた。その量は本当に尋常ではなく、ショーツがグショグショになってしまう。それだけでは飽き足らず、下着でも吸いきれない愛液が、太股を伝って流れ落ちてしまうほどだった。

「どうだ師匠？　気持ちいいだろ？」

耳元で晶が囁くように問うてくる。

「あ……きら……貴方……これ……つ……突きましたわね……。わたくしの……せ……はぁ……はぁ……せん……もんを……」

なぜこれほどまでに感じてしまうのか？　その理由は一つしか思い浮かばなかった。

「やっぱり気付くよな」

「あ……たり前ですわ……。わた……くしは……んっく……はふううっ！　んふっ……くふうう……ふうっ……ふうっ……ふうっ……みこ……神流……け……継承者……で……ですのよ……。わからないはず……あ……ありませんわ……」

どの戦紋を突かれたのか？　ということにだって気付いている。

間違いなく打たれたのは絶頂穴だ。

名前の通り、この気穴を突かれると身体中の快楽神経が活性化し、他者に触れられただけでも絶頂しそうになるほどの性感を覚えてしまう。感じる快楽の大きさは、大の大人が発狂してしまうほど——とも伝えられるものだった。

「わた……くしを……快楽で狂わせる……つもり……ですわね。ですが……む……だ……ですわよ。この程度で……お……折れるほど……わ……たくしの……精神力は弱くは……あ……ありませんわ……」

幼き頃、前御子神流継承者に拾われ、それ以来修行修行の毎日を送ってきた。それこそ、発狂しそうになるほどきつい日々を……。

自分が晶に与えたものとは比べものにならないほどきつい修行だったと思う。それほどまでの鍛錬を乗り越えてきた自分が、たかが快楽程度で折れることなどあり得ない――心の底から紅葉はそう思った。自身の精神力に対して一点の疑念も持たない。

だから敢えて笑ってみせる。不敵な笑みを裏切り者の弟子に……。

「本当に師匠が言う通りか……試させてもらうよ」

しかし、強がったところで現状を変えられるわけではない。

晶はさらに腕を蠢かし始めてくる。ただ身体をなぞるだけではない。服の上からではあるけれど掌を左右両乳房に添えてきたかと思うと――

「ふっひ♥　んひぃぃぃっ♥」

容赦なくこれを揉んできた。

服に皺を寄せながら、捏ねくり回すように、胸の形を変えるように……。

（胸……わ……たくしの……乳房に……食いこんでくる！　晶の……ゆ……びが……これ……す、凄い！　あああ……これまで以上にか……んじる……。すぐに……あっあっ……ただ、も……まれて……。胸を揉まれてるだ……けで……た……達しそうなくらい……感じて……し……まう!!）

指の動きに比例するように性感が増幅する。

服や下着の上から乳首を押しこむように指を蠢かされると、それだけで身体中から力が抜けていくような気がした。

白い肌が桃色に染まっていく。ガクガクと震える拘束された太股が、ジワッと溢れ出す汗で濡れていった。

（き……もちいい……。凄く……いいですわ♥　こんな……こんなにいいなんて……。こん……なの……はじ……初めて……で……すわぁああ……。でも……だ……けど……それ……でもぉおおっ!!）

まだ耐えられないレベルではない。抑えこめる。この程度であれば、自分は堕ちたりなどしない。

「わた……くしを……こ……この程度で……堕とせると思ったら……お……大間違い……ですわよ……」

この程度の精神的、肉体的危機は様々な強者との戦いの中ですでに乗り越えてきている。晶如きとは戦いの年季が違うのだ。

「もちろんわかってるさ。これくらいで師匠を堕とせないことくらいな。実戦では利き腕の使えない師匠の実力は輝夜……だけじゃない。玲奈やレインにも劣る。だが、精神力は師匠が一番だ。それは間違いない。だから……本番はここからだ」

「ほ……んばん？　一体……晶……貴方は何を……はっふ……んふうう……はぁっはあっはぁ……な……にを企んで!?」

「こうするっ!!」

弟子は言葉ではなく行動で疑問に答える。

彼は左右両胸に十本の指を同時に突き立ててきた。

「ふっひ!!　んひぃいいいいっ！」

ビクビクビクッと全身が電流でも流されたかのように痙攣する。身体中が――いや、思考までも蕩けてしまうような刺激が走った。それと共に――

「あ……な……なに？　これは……あああ……な……なんですの!?　ど……どういうこと……で……すのぉおおっ!?」

肉体に変化が起きる。

「お……大きく……な……はふぅうう！　んっひ！　はひいいっ!!　あっあっあっ！　こ……れ……大きくなって……ま……すわぁああ!!　わた……しの……胸が……ちぶ……さが……膨らむ……はり……つめて……くぅうう!!」

掌に収まるくらいのサイズだった胸が、唐突に膨張を始めた。

張り詰める乳房。まるでモデルのように――いや、牛のように膨れ上がる。両手では収まりきらないほどのサイズにまで、胸が大きく膨れ上がった。

「まさか……こんな……こんなことがぁああ」

ゴスロリ衣装の胸元が張り詰める。苦しみさえも覚えてしまうほどに……。

「はっぐ……ふぐううっ……はっふ……はぁっはぁっはぁ……」

「随分苦しそうだな。でも安心しろ……すぐに……楽にしてやるよ!!」

その言葉と共に、晶は容赦なく紅葉の衣装を下着ごと破り捨ててきた。

瑞々しく張り詰めた乳房が、たゆんっと弾けるように剝き出しとなる。

観客席が「おおおお！」とざわついた。

「あ……あああ……これが……わ……たくしの……わたくしの胸？　こ……れが？」

「そうだ。戦紋乳牛穴《にゅうぎゅうけつ》を突いた結果だ」

「乳牛穴……で……すって……。そんな……戦紋……わたくし……知りませんわ！」

初めて聞く名に動揺する。御子神流伝承者である自分が知らない戦紋が存在するなどということ、あり得ないはずなのに……。

「知らなくて当然だな。この戦紋は俺が考えたものなんだからな」

「かん……がえた？　ど……どういうことですの？」

「あんたを倒すために色々俺だって考えてきたんだよ。ただ戦紋を突くだけじゃない。いくつもの気穴を同時に突くことで、新たな効果を生み出すことができるんじゃないかってな。あんたが知らないところで色々研究させてもらったんだよ。メイドさんたちに手伝ってもらってな」

「そ……そんな……小細工を……。そんな小手先の……わ……技で……はぁ……はぁ……わたくしをどうにかでき……ると思ったら……大間違い……で……ですわよ」

「さて、そいつはどうかな？　それは師匠の身体に聞かせてもらうことにするよ」

「身体に……聞く？」

「乳牛穴はただ胸が大きくなるだけの戦紋ではないってことですよ」

一体何をするつもりなのか？　どんな効果を持った戦紋なのか？

その答えを、紅葉はすぐに自身の身体で理解することとなる。

「くっひ！　んひっ!!　ふひぃいいいいっ！」

再び晶の指が蠢く。先ほどもそうしていたように、パンパンに張り詰めた乳房を揉みしだいてきた。

（これ……あああ！　嘘！　さ……さっきより……くふうう！　さっきまで……よりも……あっふ!!　んんんんん！　あっ♥　あっ♥　あぁあああっ♥　び……敏感……わたくしの……胸……敏感になって……るっ！　これまでよ……りも……これ……感じ……感じるぅうう♥）

ただでさえ敏感になっている肉体が、より過敏に性感に反応してしまう。グニッグニッと乳房に指が食いこむと、それだけで意識さえ飛ばしそうになってしまうほどに愉悦を覚えてしまっている自分がいた。

しかも、感じるものは愉悦だけではない。

「な……はぐううっ！　なん……ですの……こ……れ……なにか……あああ……何かが……わき上がって……んっく……き……来ます……来ますわぁああ！　はっふ……

んふうう！　はぁっはぁっはぁっ……熱い……ちくび……わたくしの……ちく……びが凄く……あつ……熱くなって……ますぅう」

胸の奥から痛々しいまでに勃起した乳首に、何か熱いものがわき上がってくる。これまで覚えたこともないような感覚だった。

「これ……なに？　なに……かが……出る。わたく……しの……胸から……で……出ようとしてますわ！　なんですの……おおおお！　これは……一体……な……にが……起きて……ますのぉ!?」

ジンジンと乳頭が疼き出す。

（わからない……。自分にな……にが……起きてるのか……わかりませんわ。でも……これはまずい……。この感覚はまずい気がする）

乳房を揉まれれば揉まれるほど胸の疼きは大きくなっていく。全身が熱く火照りだす。肥大化していく性感――それに比例するように、秘部から分泌される愛液量も多くなっていくのがわかった。

「こ……れ……以上は……やめ……なさい！　これは……んっく……んふうう！　はぁっ……はぁっ……め……命令……わたくしからのめ……いれい……ですわよ！　逆らえば……こ……ろす!!　貴方をころ……して……やりますわぁ!!」

「悪いな師匠。もう止まれないよ。何を言われてもな！」

ただ不規則に指を蠢かし、胸を揉みしだいてくるだけではない。

まるで乳牛から乳を搾り取る時のように、小指から親指までを順々に胸に食いこませてきたりもした。

だらしないほど大きくされてしまった乳房。蠢く指によってあっさりと形が変えられていく。胸の変形に合わせて思考までも歪む。まるで脳髄を直接揉みしだかれているかのような感覚だった。

しかも、それだけでは終わらない。手だけではなく顔まで晶は乳房に寄せてきたかと思うと――

「はうううっ！　す……われて！　わたくしのちぶ……さ……が……あっあっ！　す……われて……んっふ……むふぅうう!!　すわ……れて……しまって……いますわぁああ！　んっふ！　はふっ!!　くふぅううう」

チュウチュウとまるで赤子が授乳する時のように、乳首に吸いついてきた。

乳首を甘噛みしつつ、頬を窄めて吸引してくる。時には舌を蠢かし、乳輪をなぞりつつ、ベロンベロンッと勃起した乳首を転がすように舐め回しながら……。

「駄目！　く……来るっ!!　これ……き……ますわ！　あぁあ！　出る！　何かが……もう……耐えら……れないっ!!　出て……しまいます。胸から……ち……くびから、でる！　おおおお！　出るっ!!　出ますっ！　出てしまいますわぁああ♥」

乳肉を揉みしだかれながら乳首を吸われ、舐め回される。そのたびに全身から力が抜けていく。身体中が弛緩していく。最早限界だった。膨れ上がる愉悦を抑えられない。

そのような状況で、胸の内から乳頭に向かってわき上がってくる熱い何かを押さえこむことなど不可能だった。

「あぁあ！　出るっ！　出るっ!!　出るぅうう♥」

磔にされたまま身悶え、無様な悲鳴を響かせる。より乳首をビンビン勃ち上がらせながら紅葉はソレを——母乳を乳頭からびゅびゅうううっと撃ち放った。

「おぉおおお♥　で……てる！　これ！　あっあっ！　わた……くし！　母乳っ!!　母乳をだし……てる！　これ……出して……しまってま……すわぁあああっ!!」

乳白色の液体が晶の口内に、周囲に、ビュビュビュッと飛び散る。

「なんで……こ……んな？　どうして？　なぜぇええええ!?」

妊娠しているわけでもないというのに、母乳を出してしまっている自分。信じがたい事態だった。

だが、これは現実である。これが乳牛穴の効果とでもいうのか……。

「あぁあ！　で……続けてる！　止まらないっ!!　こ……れ……止まらない！　止まりませんわぁあああ！　ふっほ♥　おほぉおおお♥」

母乳を止めることができない。

磔にされたまま乳を噴射する。あまりに無様な有様だった。

ただ――

（き……もちいい！　これ……気持ち……よすぎます!!　あああ……絶頂くっ♥　こんなの……わた……くし……絶頂ってしまい……ま……すわぁあああ♥　母乳出すの……が、こんな……こ……んなに……い……いいなんて♥　わたくし……狂う……頭が変になって……しまいますわぁあああ♥）

情けなさすぎる状況だというのに、これまで以上に愉悦が膨れ上がっていく。乳首から母乳が溢れ出す感覚。感じるものは解放感だった。我慢に我慢を重ねてきた際の排尿時にも似た感覚とでもいうべきか？　そんなものに異常なほどに快楽を感じてしまう。

「で……も……絶頂かないっ！　わ……たくしは……こんな……こ……んっふ……くふうう！　んっんっ……んふぅううう!!　こんな……て……いどでは……絶頂きませんっ！　絶対……絶対にぃいいいっ!!」

しかし、それでも紅葉は耐える。抑えこむ。性感を我慢する。最強の女帝――その矜持が紅葉を支えていた。

「へぇ……これも耐えるか。さすがは師匠ってとこだな。でも……我慢なんて無駄だぞ。むしろ苦しみを増幅させるだけだ。それくらい……わからないあんたじゃないだろ？　ほら、苦しいだろ？　つらいだろ？　楽になりたかったら欲求に逆らうな。従え。俺に負けを認めるんだ」

「お……お黙り……なさいっ!!　わ……たくしは……おっおっ……わた……くしは……負けなどしない……。わたくしこそが……最強。絶対に……敗北など……い、たしま、せんわぁああ！　ましてや……弟子などの……晶などに……おっ♥　おっ♥こ、うさんなど……絶対……絶対いたし……ま……ぜんわぁああっ！」

身悶えながらも晶の言葉を拒絶する。強い意志で……。

「なるほどな。師匠の気持ちはよくわかったよ……。そこまでいうのなら……後悔させてやる。その選択をな」

そう語る晶が浮かべる表情は、これまで見たことがないほどに嬉しそうなものだった。

そして、地獄のような時間が始まる。

「ふほぉおおお♥　また……んっひ！　ふひぃいいい♥　おんっおんっ——おんんんんんんん！　こ……れ……まった……また出る♥　また……母乳……出て……でって……しまいますのぉおおっ!!」

蠢く指の動きに合わせ、またも母乳を飛び散らせる。

それも一回や二回ではない。

「ふひぃぃ！　で……るっ♥　おんんん！　母乳っ！　おっぱ……ぃ……またぁ♥」

何度も。

「止まらないぃ！　おっぱい……とめられなひぃいいい♥」

何度も。

「凄すぎる！　これ……しゅごすいるのぉおおお♥♥♥」

何度も！

発狂してしまうんじゃないか？　などと思ってしまうほどの肉悦を刻まれながら、繰り返し乳首から母乳を搾り取られた。射乳させられた。

強すぎる快感。膣口からは女蜜がどうしようもないほど多量に溢れ出している。分泌される愛液量は、太股までグッショリと濡れてしまうほどだった。

ただ、それでも絶頂だけは抑えこんできたのだが――

（狂う……わたくしの……頭が変になる……。おかしくなる。わた……くしが……わたくしで……なくなってしまう。絶頂きたい……。絶頂きたい……絶頂きたい……絶頂きたい……絶頂きたいのぉおお）

求めてしまう。心が性感を。絶頂を……。最早我慢も限界だった。

（も……もう……無理ですわ……。絶頂くのを抑えるなんて……む……り……。これ以上……おんっおんっ……が……我慢したら……本当におかしくなる……。この状況を逆転する……る……どころでは……なくなって……し……しまいますわ……。だから……だ……からぁああああ……）

紅葉は決める。我慢することをやめようと。達してしまおうと……。

（問題……おっおっ……問題など……あ……ありませんわ……。だって……んっく……はふううう……そうでしょ？　達すること……絶頂すること……それが……イコール敗北ではない……から……。むしろ……勝つために……最後に……この馬鹿弟子をや……八つ裂きにする……ためにも……おんっおんっ……一度達することは必要……ですわぁあ）

言い訳のように自分自身に言い聞かせた。

そして――

「おっふ♥　おおおっ！　また……んっく……はふうう♥　ま……た出る！　また……おっぱい……搾られる！　また……またっ！　またっまたっまたぁあああ♥」

胸を揉まれ、乳首を吸われる――未だ続けられる搾乳行為に身悶える。胸の内からわき上がってくる射乳感に愉悦の悲鳴を響かせた。

（出る！　出ますわっ!!　おっぱい出る！　わた……くし……絶頂くっ♥　これ……

絶頂くっ！　絶頂きますわっ♥　おっぱい！　おっぱいビュービューって出して……絶頂くっ!!　い……きます……わぁあああっ!!）

クパッと乳頭が開くのを感じた。

同時に――

「ふっひ！　んひっ！　ほひぃいいいいい♥」

またも母乳が溢れ出す。思考までも吹き飛んでしまいそうなほどの性感と共に――。

（出てる！　出てますわぁ♥　気持ちいい！　これ……やっぱり……いいっ♥　絶頂くっ♥　わ……たくし……絶頂くっ♥　イクイクイクイク――絶頂きますわぁぁあ♥）

同時に性感が弾ける。全身を包む愉悦の波が紅葉を絶頂へと導く――はずだった。

「あ……え？　あああぁ……なんで？　嘘！　嘘っ!!　嘘ぉおおお!?」

だが、紅葉の口から漏れ出たものは快楽の頂に達したもののそれではない。戸惑いの声。困惑の悲鳴だった。

「い……けない？　なぜ？　わたくし……絶頂けない！　絶頂きたい……おおお！　い……きたいのに……んっふ……はふううう……はぁっはぁっはぁっ……どうして？　なぜ？　絶頂けない！　絶頂けませんのぉおおお!?」

なぜか達することができない。絶頂感に逆らう気などないのに……。

わけがわからなかった。

「なぜ？　おおおお……な……ぜ……ですの？　なんで⁉　なんでぇぇええ！」

わからない。わからない。わからない。

絶頂きたいのに。こんなに達したいのに。どうして？

「何を……あ……きらぁあああ！　貴方……わたくしに……何を！　な……にを……しましたのぉおおおっ⁉」

「何をした？　ふふ……簡単なことだよ師匠。戦紋を突いたんだ。絶頂きたくても絶頂けなくなる戦紋をね」

「な……なんですって！　どうして？　なぜそんなことをっ‼」

「なぜ？　もちろん、あんたを俺に屈服させるためだよ。絶頂きたい？　だったら認めるか？　敗北を……」

「そ……れは……」

一瞬戸惑う。

「み……みと……認め――」

が、すぐに認めると答えようとする。最後に勝つために、表面だけ従う振りをするために……。

「はっぐ……んぐううっ！　おっおっ……おぉおおおっ‼」

（なに？　言葉が……言葉が続けられない⁉　どうして？　なぜっ⁉）

しかし、敗北宣言をすることはできなかった。

なぜか言葉が途中で止まってしまう。

「それも戦紋の効果だよ師匠。表面上だけの敗北宣言なんかさせない。心の底からの言葉でないと……あんたは敗北を口にすることだってできないんだよ」

（そ……んな……そんなぁあああ……）

心の中に広がるのは絶望だった。

「……覚悟しろよ。あんたを必ず屈服させてやる。心の底からな……」

まっすぐ自分を見つめながら晶はそう呟いてくる。

その表情や言葉に、紅葉は生まれて初めて恐怖というものを感じた。

＊

磔状態の紅葉に対する晶の攻めは終わらない。ひたすら続く。

「ごっぷ！　もぶっ！　おっぴゅ……ふぴゅううっ♥」

大勢の観客たちの前で、女帝はホースのようなものを口に咥えさせられていた。ホースの先には巨大なポンプのようなものが置いてある。その中には「こんなこともあろうかと」晶が集めていた白濁液がたっぷりと溜められていた。

それが口腔に流しこまれる。無理矢理、飲まされる。

「ぼぴゅうう！　ぶっぼっ！　ごぼぉおおおっ！　おっご……むごぉおおお♥」

（し……ぬ……息が……息ができ……ま……せんわぁああ……。これ……溺れる……わた……くし……せーえき……せーえきでおびょ……れでじまいまずわぁああ♥　なのに……あああ……な……のにぃいい！　こ……れ……こりぇ……ぎもぢ……ぎ……もぢ……いひっ♥　ぎもぢよ……ずぎまずのぉおおお♥）

当然口腔が塞がれ、呼吸することも困難な状況である。だというのに、その苦しみさえも快感として受け止めてしまっている自分がいた。

しかも、与えられる凌辱はそれだけでは終わらない。

（む……ね……おっぱい……おっぱいも……いひっ！　吸われるの……おっぱい……吸われるの……よしゅぎますぅ♥）

胸に対する搾乳も相変わらず続いていた。

ただし、これまでのように晶の手による搾乳ではない。農場の乳牛につけられるような搾乳機が、乳房には装着されていた。

それが全自動で紅葉の母乳を吸ってくる。搾り出された母乳は、搾乳機の先についたホースを通じて――

（お尻……お尻の中……おおおお……母乳……母乳でいっぱいになる……。母乳まみれにされる……。生温かい液体が……わたくしの……お尻に広がる！　これ……これも……いいっ♥　いいですわぁあああ♥♥♥）

肛門に流しこまれていた。

（無様……わだぐぢ……なんで……無様……でも……おおお！　ぎも……ぢ……いい♥　どうじようも……ない……くらいに……いいっ♥　これ……しゅごく……い……いんですのぉおお♥　絶頂きたい……絶頂きたい！　絶頂きたいぃいいい♥）

肉体が絶頂を求める。

（あああ……でも……絶頂けないっ♥　わ……たくし……こんな……こんなに……いぎ……たい……いぎたいのに！　おおおお！　い……けない……絶頂けませんわぁああ♥　おおお……だ……じゅげで……これ……だじゅげでぇええぇ！）

本能がどれだけ求めても達することはできない。

絶頂きたい。絶頂きたい。絶頂きたい――でも絶頂けない。

地獄のような状況だった。

思わず腰を振ってしまう。磔にされたまま搾り取られた母乳を肛門に流しこまれつつ、白濁液を無理矢理口腔に注入されながら、牡を求めるように、絶頂かせてくれと訴えるように、腰を前後にくねらせてしまう。

「その動き……そんなに絶頂きたいのか？　だったら師匠認めるか？　心からの敗北を……」

「じょ……れは……ごっぽ……じょれはぁあああ……」

心がぐらつく。楽になれるのならば、達することができるのならばそれでも――そう思ってしまう自分もいる。だが、まだ心の奥底に残っている矜持がそれを許さない。敗北を口にすることはできなかった。

「師匠は強情だな」

楽しげな表情を晶は浮かべる。

それと共に――

「がぶぼっ！　おごおおおおっ！」

さらに流しこまれる白濁液の勢いが、搾乳の勢いが、上がっていくのを感じた。

（ぎ……もぢ！　いひっ！　いひぃぃいいいい♥）

ひたすら悶える。愉悦に溺れる……。

そんな状態でどれだけの時間が過ぎただろうか？

（じ……ぬ……おなか……パンパン……。お尻も……胃のながも……パンパンに……なっでじまっでまずわぁああ……。ほんどに……じぬ……わだぐぢ……じんでじまいまずわぁあああ……。なのに……おおおお！　な……なのに……いいっ♥　ぎもぢ……いひぃ♥）

妊娠でもしたかのように下腹が不気味に膨れ上がっている。精液や母乳で下腹部は完全に満たされてしまっていた。

　腹が張り詰めている。内側から破裂してしまうのではないか？　とさえ思えるほどの状況だった。だが、痛みは感じない。

　圧迫感や痛み、苦しみ――それらすべてが快感に変わっていた。

（い……きたいのぉおお！　絶頂きたい！　絶頂きたいんでじゅのぉおお♥）

　それしか考えられない。

　とはいえそれでもなお、敗北を認めていない。認めることができない自分がいた。

「……まだ耐えるか。ここまでとは……正直俺の負けだよ師匠。あんたがこれだけ耐えるとは思ってもいなかった」

　ただ、そのおかげなのだろうか？　やがて晶がそんな言葉を紅葉へと向けてきた。

（ま……け？　晶の負け？　ぞれ……じゃあ……わだぐぢは？　わ……だぐぢは……どうなるの？　どうなりまずの？　いげる？　いげまずのぉおおお!?）

　わずかだが希望を覚える。

　だが、そんなにうまい話があるはずなどなかった。

「正直俺じゃあんたをどうにかすることなんかできそうにない。だから決めたよ。あんたを売るってね」

（売る？　う……る？　どういう……？　どういうごどでずのぉお？　ごれは……

止まらないの？　絶頂けないのぉおお？）

晶の言葉の意味がわからない。絶頂けるのか？　絶頂けないのか？　それだけでも知りたかった。

そんな紅葉の疑問には一切答えず、晶はコロシアムに集まった観客たちをぐるりと見回すと――

「そういうわけですから皆さん。これからオークションを開始します。商品は彼女、御子神紅葉です。どうですか？　誰か彼女が欲しい方はいませんか？」

そう宣言した。


「三千万だっ！」「いやっ！　三千五百！」「俺は四千出すぞぉっ!!」

観客たちの怒声のような声が響く。

始まったものはオークションだった。

対象商品は紅葉――次々と値段がつけられていく。

（わだ……くじが……こんな……ごんにゃあああ）

奴隷オークションとでもいうべきだろうか？　あまりに無様すぎる状況だった。拳士としての、女帝とまで呼ばれた者としての矜持がズタズタに引き裂かれていく。

だというのになぜだろうか？　どうしてだろうか？

（なじぇ？　なじぇでずのぉおお!?　これ……ご……れ……まだ……まだぎもぢよぐなりゅう♥　さっきまでよりも……どんどん……きもぢよさが……お……大きく……おおぎぐなって……い……いぎまずのぉおお♥♥♥）

観客たちが自分に値段をつける声を聞いていると、それだけで性感が膨れ上がっていく。先ほどまでも感じていた絶頂したいと求める本能が、より増幅していくのを感じた。

「ぼびゅううっ！　ごっぼ……もごぉおお♥」

（いがぜで……わ……だぐぢを……いがぜでぇえええ♥）

無様だとか、屈辱だとか、そんなこと何も考えられない。絶頂きたい。絶頂きたい。絶頂くことさえできれば他には何もいらない――そんなことまで考えてしまう。

どんな姿を晒したって構わない。奴隷になってもいい。達することができるのであれば、それだけで十分だ――心の底からそう思ってしまう自分がいた。

「どうだ師匠。どんどん値段がついていくぞ。今の気分は……どうだ？」

晶が囁いてくる。紅葉が置かれている状況を突きつけるような言葉を向けてくる。

その一言一言を耳にするだけでビクッビクッと肢体が震えてしまう。下着に隠された秘部がパクパクと開閉を繰り返すのがわかった。

「い……ぎだい……。いぎ……おっぐ……ごぼおおっ！　い……ぎ……だい……で

「そうか……なら、どうする？　認めるか？　それとも……まだ意地を張るか？」

「それ……は……ぞれ……はぁあああ！」

最強を求めて生きてきた。御子神に拾われてから、考えてきたものはそれだけだった。どんな手を使ってでも勝つ。頂点に立つ──それだけを考えて……。

だが、そんなすべてがどうでもよくなっていく。

達することができるのであれば、絶頂くことができるのなら……それでいい。それでいいいのだ。それだけが欲しい。

女帝としての矜持が、拳士としての魂がボロボロに崩れていくのを感じた。

「み……どめる……」

絞り出すように呟く。

そして──

「みど……おっご……ぶごおぉお！　わ……だぐぢ……みどめ……まずわぁああ♥　わだぐぢのまげ……ぢがう！　あぎらに……ちゅーせいを……ぢがう！　ど……れいになりゅうう!!　らがら……ら……がら……いが……いがぜで！　わだぐぢを……いがぜでぇええええ♥♥♥」

……じゅのぉおおお♥」

コロシアム中に響く声で、敗北宣言をした。

「そうか……よく言えたな師匠。それじゃあお望み通り――絶頂かせてやるよっ!!　だが、その前に――誰が買う？　俺の師匠を……落札するのは誰だ？」

コロシアム中を見回す。

「ボクたちが買うよ」

これに手を挙げたのは輝夜だった。

「私たちが勝利することで得た賞金で買おう」

「オレの賞金は遼平のために使っちまったけど……それでも一応小遣いだけは出してやるよ。買い取る。御子神紅葉をな……ほら、三人合わせて三億とんで四千二百円だ」

大量の金が磔台の前にばらまくように置かれた。

「か……われだ……わだぐひが……こんな……こんなやぢゅらに……がわれだぁああ♥」

屈辱だった。耐えがたいほどに……。だというのに――

（あああ……気持ちいい♥　屈辱でまで……か……感じるぅう♥）

堪らないほどの愉悦を覚えてしまう。

「さぁ、これでてめぇはオレたちのもんだ。だから……何をされても文句言うなよ」

「なに……を……され……でも？　あっなだだぢ……いっだい……にゃ……にをぉお

お」

　これから何をされるのか？　どこか期待まで覚えてしまう。

「たっぷりその穢れた身体を清めてやる」

「貴女に散々辱められたボクたちにはもう恥はない。だから……さぁ、受け取るんだ」

　語りつつ三人の奴隷たちはどこからか用意した台の上に乗る。これによって、ちょうど紅葉の頭の上に三人の腰が来るような位置となった。

　その上で――

「んっく」

「はふううう」

「んっんっんんんんっ！」

　三人はブルブルッと腰を振るわせせる。

　同時に――

「あっぴゅ！　ばびゅうう！　おっぽ！　ぶぽっ!!　おぼぉおおおお♥」

　ジョボロロロオッと多量の小便がほとばしり出た。黄金水がぶっかけられる。容赦なく礫の身体を生温かい液が濡らす。小便が口に当たる。呼吸さえも阻害するように。

（お……しっこ……こんな……尿を……わたくし……尿をぶっかけられてます……

わ！　臭い汁を……汚い汁をぉおおお！）

耐えがたい状況だった。

だというのに――

（これ……き……気持ちいい♥　よすぎる！　おおおお！　き……もち……よじゅぎますわぁあああああ！）

尿で肌を打たれる感覚すら性感に変わっていく。恥辱が、肌を打たれる感覚が、肉悦へと変化していく。

「じゅ……ごい！　いい！　ごれ……い……いいの！　いいにょぉおお！　い……がぜで……おにぇがい……早く……はやぐぅう♥」

絶頂きたい絶頂きたい絶頂きたい――絶頂を求め心が増幅していく。

「もちろんそのつもり――だよっ!!」

晶はそう宣言すると同時に紅葉の口腔と尻に挿しこまれたホースを手に取ると――

「おらぁあああっ！」

これを容赦なく引き抜いてきた。

「ぼごおおおおっ♥」

口腔と尻に蓋をしていた異物が抜かれる。刹那――

（これ……出る！　おおおお！　が、まん……できない……わだぐぢ……おおお！

出るっ！　おじりから……くぢがら……出る！　でるでる――でりゅううっ!!）

身体の中にたっぷり溜まった精液が、母乳が逆流を始める。

「おっげ！　ぶげっ！　おぶぇぇえええええっ♥」

ブシャアアアアッと凄まじい勢いで尻から、口腔から白濁液を吐き出した。

（はい……でる……せーえきゲロ……はいでりゅうう♥　しょれに……おっぱいうんこまで……じぢゃってでりゅうう♥　さい……でい……ごれ……じゃいでいでずわぁああ！　なのに……おおおお！　な……のに……ごれ……いいっ！　いいの♥　じゅごく……じゅごくよぐで……わだぢ……わ……だぢいいいいい！）

どうしようもないほどに膨れ上がっていた絶頂感が、さらに増幅していく。頭の中がぐしゃぐしゃになっていく。

そして――

「い……びゅっ♥　いびゅのっ!!　いびゅいびいびゅ――いっびゅぅううう♥♥♥ふっひ！　おぶえっ！　ぶぼぇえええええ♥♥♥」

ついに紅葉は絶頂に至った。肉汁を吐き出し、母乳を排泄し、尿に塗れながら……。

「ほっびょ♥　おびょぉおおおお♥♥♥」

どうしようもないほどのアへ顔を晒しながら、吐き出した白濁液で身体中をグショグショに濡らしながら悶える。身悶える。脳髄までも蕩かすような絶頂感に……。

本当に気持ちよかった。このまま死んでしまったって悔いはない——とすら思ってしまうほどに……。

「お……おおお……もっど……もっどじでぇえええ……。もっど……わだ……ぐぢを……ぎもぢよぐ……じでぇえええ♥」

だが、まだ満足できない。もっと気持ちよくなりたい。もっともっともっと——我慢に我慢を重ねた分の鬱憤を晴らすかのように、さらなる快楽を求めてしまう自分がいた。

「もちろん……そうしてやるよ。師匠」

「あ……あはぁあああああ♥」

晶の言葉に紅葉は笑った。心の底から幸せそうに……。

「あああ……来るっ！　挿入って♥　わだくひの……膣中に……ペニスが……ち×ぽが……挿入って……挿入ってきますわ♥　おおお！　ま×こ！　わたくしの……ま×んこが……ふっひ！　んひいいい！　みた……みたしゃれでぐぅううっ♥」

磔から解放された紅葉。しかし、その代わりに手と首を拘束する枷を嵌められることとなってしまう。コロシアムの中心に腰を突き出した状態で繋がれながら、いわゆる立ちバックのような状態で背後から肉棒を挿入された。観客たちの目の前で……。

「い……ぐっ！　これ……いぐっ！　いぎまずっ♥　わだぐぢ……イギュ！　いぎゅいぎゅいぎゅっ――いっぎゅうううっ♥♥♥」

肉棒で蜜壺が拡張されていく。膣道が押し広げられていく。ただそれだけで達してしまう自分がいた。

「この程度で絶頂ってどうする？　本番はここからだぞ」

もちろん、達したからといって晶は容赦などしてはくれない。それどころか、もっともっと感じさせてやる。もっともっと絶頂させてやる――といわんばかりの激しさで、挿入だけではなくピストン運動まで開始してきた。

「ふっひ！　んひっ！　ほひぃいいいいい♥」

絶頂したことでヒクヒクと痙攣する膣壁を、硬いペニスが容赦なく擦り上げてくる。ずっちゅずっちゅと容赦なく突き上げてきた。

「しゅごひっ！　これ……いぐっ！　わだぐひ……またっ……おおおお！　ま……た……いぐっ♥　いぐのっ！　いぎまずのぉおお♥　いぐいぐ――いぎゅううっ!!」

すぐにまた絶頂感に肉体が包みこまれていく。目の前が真っ白に染まり、表情が無様に蕩けていく。絶頂顔を晒すことになってしまう。

それでも、止まらない。達してもピストンは続く。

「おおお！　いってる……いってるのに……ズンズンちゅかれでまずわぁ♥　ごれ

「……しゅごひっ！　しゅご……すぎるのぉおお♥♥♥　こんなの……また……まだいぐっ！　いぐのっ！　いぎながら――わだぐひ……いぎながら……いぐっ！　いぎゅいぎゅっ――いっぢゃうのぉおお♥♥♥」

絶頂に絶頂が重なる。

肉体が激しく痙攣し、蜜壺が収縮していった。強くペニスを締め上げる。射精して欲しい。流しこんで欲しい――とでも訴えるように。

「くおぉぉおお！」

するとこれに応えるように――

「おっほ！　きたっ♥　せーえきまで……ぎだぁあああぁっ♥」

晶は躊躇いなく射精してきた。ドクドクと膨れ上がった肉棒から多量の白濁液を蜜壺に流しこんでくる。子宮が膨れ上がってしまうのではないか？　などと思ってしまうほどの量を……。

「またいぐっ♥　またっ！　またぁあああ♥♥♥」

下腹部に熱汁が広がる。胎内に熱気が染みこんでくるような感覚が心地いい。

「おほっ！　むほっ♥　うほぉおお♥♥♥」

イキッ放しとでもいうべきだろうか？　絶頂に絶頂が重なっていく。どうしようもないほどの愉悦に、ひたすら紅葉は悶えに悶えた。

（死ぬ……わだぐちが……ちぬぅうう）

拳士としての自分が死んでいく。これまで積み上げてきたものすべてが崩れ去っていく。それを自分でも認識できてしまう。

だが、それでも、気持ちいい。気持ちがいいのだ。どうしようもないほどに……。

「もっど……もっどぢで……晶……いえ……ごしゅ……おっおっ……ふほぉおお♥

ご……主人様……わだくひに……もっともっと……ち×ぽ！　せーえきをぉ♥♥♥」

何もかもどうでもいい。

快楽さえ得られるのであればそれで……。

「ふっひ♥　んひいいいいい♥」

観客たちに見せつけるように、こんなにも気持ちがいいのだと訴えるように、ひたすら、ひたすらひたすらひたすら、紅葉は悶えに悶え続けた。

勝利の証は腹ボテハーレム！

「ったく……何度も何度もしつこい連中だぜ」

「まったくだ。我が主を狙うとは不届きな連中め」

「まぁボクたちがいる限り晶くんに手出しはさせないけどね」

闇の闘技大会から半年後——地下コロシアムの優勝者として名が知れ渡った晶に待っていたものは、コロシアム優勝者を倒して名を上げようとする無数の刺客に襲われるという毎日だった。

それらの敵を倒しているのは主に玲奈、レイン、輝夜の三人である。

闘技大会終了後、晶は彼女たちに奴隷の身分から解放するという言葉を向けた。奴隷なんか一人いればいい。だから他の三人は元の生活に……というのが晶の考えだったらしい。

が、彼女たちはそれを断り、今もこうして晶に仕えていた。

ボテッと妊娠していることを証明するように下腹部を膨らませながら……。

「悪いな毎日毎日……しかも妊娠までしてるのに……」

今日も刺客を倒した三人に晶が労いの言葉を向ける。

「別に構わんさ。主を守るのは騎士の務めだ。それに、晶は父上も認める新たなサンセット当主でもある。妊娠しているから守れない――なんてことがあってはならない。そのためにお腹に子がいても戦う術を父上が教えてくれた」

「オレもレインにその戦い方を習ってっから大丈夫だ。第一、喧嘩しねーと身体が鈍っちまうしな」

「晶くんを守る……そう決めたのはボク。キミが気にする必要はない」

そんな晶に三人は笑みを浮かべて見せた。

しかし、帰る場所もある。夢だってあった三人がなぜ晶の元に残っているのか？

妊娠までさせられて……。

その理由は単純だった。

「……まぁそんなことより……その……いいか？」

玲奈が瞳を潤ませながら晶を見つめる。

「今の戦いでなんだか身体が疼いてきちまった……。だから……さ」

フリフリと褐色の喧嘩屋はホットパンツで隠された尻を振ってみせる。

「む……ずるいぞ玲奈！　私だって晶の……ペ……ペニスが欲しい。晶に抱かれたい……。私だって……身体が熱くなっているんだ」

レインも晶へと視線を向ける。

「……晶……その……頼む……」

餌をねだる子猫のような視線だった。

「…………」

二人とは対照的に輝夜だけ静かな表情を浮かべている。

「……輝夜はいいのか？」

そんな輝夜に晶が言葉を向けると――

「……わざわざ聞かないで。ボクの答え……わかってるでしょ」

かつて拳聖と呼ばれた少女は、以前と変わらぬ制服を身に着けたまま（拘《こだわ》りがあるらしい）恥ずかしそうにしつつ答えた。白い肌を桃色に染めながら……。

三人が三人とも発情している。抱かれたい。晶のペニスで膣中をグチャグチャにかき混ぜられたい――などと全身で訴えているような姿だった。

そう、これこそが晶の元に三人が残った理由だったのである。

コロシアムでの戦いにて、完全に身体も心も折られていた。晶に抱かれなければ生きていけない。大切な人のもとにもう帰れないというほどにまで……。

「わかった。それじゃあ……始めるか」

御子神屋敷のリビングにて、晶は服を脱ぎ捨てる。途端にビョンッと痛々しいほどに勃起した肉棒が露わとなった。

「はい♥」

これを見た三人が一斉に頷く。うっとりとした表情を浮かべながら……。


「おっぽ！　むぽぉおおおっ!!　おんっおんっ……おぶううっ!!」

ボテ腹を晒すことも厭わない下半身剝き出しの姿でしゃがんだ玲奈の口腔に、晶のペニスが突きこまれる。口唇が裂けてしまうのではないか？　と思うほどに押し開かれていた。苦しそうに瞳を見開いてもいる。

しかし、玲奈はペニスを離そうとはしない。苦しそうにくぐもった吐息を漏らしつつも、躊躇なく肉槍を喉奥まで咥えこむと——

「んっじゅっ！　じゅっぽじゅっぽじゅぽじゅっぽっ!!」

唇をひょっとこのように突き出すという無様な顔をさらすことも厭わず、何度も頭を前後に振って肉棒を口唇で擦り上げていった。

「晶……キスを……」

「ボクにも……お願い……」

リビングの中央でフェラを受けながら仁王立ちになる晶──そんな彼をやはりボテ腹を晒したレインと輝夜が挟みこむ。

妊婦特有の張り詰めた乳房をユッサユッサと揺らしながら、左右から晶の唇に自身の唇を近づけていった。

「んっちゅ……むちゅうう……ふっじゅ……んじゅるっ！　ちゅっぷ……くちゅっ！　ちゅうっぱちゅっぱ……んちゅぱぁああ」

レインが舌を伸ばし、晶の口腔に挿しこんでいく。

「はぁ……はぁ……ボクだって……くっちゅ……んふぅうう！　むっちゅる……ちゅぶっ！　くちゅっ!!　んじゅううっ♥」

負けじと輝夜まで晶にキスをする。もちろん、ただ唇を重ねて舌を挿しこむだけでは終わらない。

「はぶううっ!!　ぐっちゅる♥　んふううっ♥　はっふ……ちゅぶろっ……んっじゅ……ぐちゅぐちゅ……ちゅずるるるぅ♥」

以前拳聖と呼ばれていたとは思えないほどに、淫らに舌を蠢かす。卑猥な音色が響くことも厭わない。頬を窄め、ジュルジュルと下品に唾液を吸うなどという行為まで、躊躇なく輝夜は行っていた。

「くっ！　で……射精るぞっ!!　射精るっ!!」

肉棒を舐められながらの濃厚なキス――あまりに淫靡すぎる状況、行為がよほど心地よかったのだろうか？　すぐに晶は限界を訴えると――

「ばびょぉおおおっ!!」

躊躇することなく玲奈の喉奥にまでペニスを突きこんだ。

その激しさに一瞬ビクッと喧嘩屋は肢体を震わせる。

次の刹那――

「がっぼ！　おごっ!!　んぼぉおおおお♥」

射精が始まった。

多量の白濁液が玲奈の口腔にドックドックと流しこまれる。

「ふびょっ！　ぶっぴょ♥　おびょっ！　おっおっおっ――んびょぉおおお♥♥♥」

これをすべて喧嘩屋は口で受け止める。

肉棒の痙攣に合わせるように肢体を激しく痙攣させながら、ゴクゴクと喉を鳴らし、流しこまれるモノを飲んでいた。

「あっぶ……んごっきゅ……ごきゅっごきゅっごきゅっ！　んふぅう♥」

傍から見ているだけでもわかる。明らかに口内射精だけで玲奈は達していた。

それを証明するように、ジュボッと射精を終えた肉棒が引き抜かれた途端――

「あっふ……よ、よかった……しゅげぇえ……おいひかったぁああ♥　けぷぅう♥」

うっとりと性感を噛み締めるように玲奈は呟いた。

「あっちゅ……んふううう……はぁっはぁっはぁっ……れ……玲奈……気持ちよさそうだ……。晶……次は……次は私を……。頼む」

そんな褐色少女の絶頂姿に後押しされるように、レインが唇を離し、晶に求めた。

「ああ、わかってるよ」

「あはぁああ♥」

わかっているという言葉に本当に幸せそうに笑いつつ、床に四つん這いになる。腰を主へと突き出し、妊娠したことで大きくなった尻を左右に振って見せた。

これに応えるように晶は肉先をグチュッとレインの肛門に密着させると――

「おっほ！　来たっ♥　おおお！　来たっ！　来たっ！　尻に！　わ……たしの……ケツま×こに……きた♥　ペニス、来たぁあああ！　ふっほ！　おほぉおお♥♥♥」

輝夜とはキスを続けつつ、躊躇なく肛門に肉棒を突き立てていった。

「すごひっ！　いひっ♥　気持ち……いひぃいいい♥」

ケダモノのようにレインは身悶える。自分から腰を振りつつ、与えられるペニスの快楽に愉悦の悲鳴を響かせた。

「やっぱり……すごく……いいっ♥　こんな……まだ……挿入れた……おっおっ！

い……れたばかり……なのに……わ、たし……すぐ！　おっ♥　おっ♥　おぉお♥

すぐに……絶頂くっ！　絶頂って……しまう！　おっほ！　むほぉおおお♥」

「構わないぞ。絶頂きたいなら絶頂っていい!!　俺もそれに合わせて射精すから！

だから……絶頂けっ！　レイン……絶頂くんだっ!!」

言葉と共に晶は腰を振りたくる。腰と腰がぶつかり合うパンッパンッパンッパンッ
という音色を響かせながら……。

「ふひぃい！　と、どく♥　奥っ！　わ……たしの……奥!!　ケツま×この奥まできてるぅうう♥　絶頂くっ！　これ……イクイクっ――いっぎゅぅううっ♥」

……てるぅうう♥　絶頂くっ！　これ……イクイクっ――いっぎゅぅううっ♥」

よほど心地よかったのだろう。数度腰を突き立てられるだけですぐに絶頂に至る。

「くあああっ！」

するとこれに合わせるように、晶も身体をブルッと震わせ――射精を開始した。

「ふほおお！　き……てる♥　熱いの……あじゅいのきでりゅう♥♥♥　こ……れ
……いぐっ！　わた……し……また！　絶頂くっ♥　絶頂きながら……い……き……

ながら……いぎゅのっ！　いぐいぐっ!!　いっぎゅぅううう♥♥♥」

絶頂の上に絶頂が重なる。騎士としての面影など完全に残ってはいない。ドクドク
と肉汁を多量に直腸へ流されながら、何度も何度もレインは達して達して達し続けた。

「おっほ……こ……零れる……で……ちゃううう……。おっおっ……も……もったい

……なひぃいいい♥　ふほぉおおお♥」

　ジュボッと射精を終えた肉棒が引き抜かれると、ゴポゴポと開いたままの肛門から多量の精液が溢れ出した。ツッッと尻から太股に流れ落ちていく様が実に淫靡だった。

「はぁ……はぁ……最後は……ボク……」

　その言葉と共に、ショーツを脱いだ輝夜が晶を押し倒す。そのまま躊躇なく拳聖は自分の主にまたがると、肉棒の先端部にグチュッと膣口を押し当て――

「おっふ！　来るっ!!　膣中……来るっ！　おおおお！　挿入って……ま×こに……ち×ぽ……挿入って……くる……るぅぅう♥」

　自ら腰を下ろし、肉棒を咥えこんでいった。

「す……ごい！　当たる！　奥に……あたりゅぅぅう♥　こ……れ……いい！　いいぃい!!　き……もちいい♥　い……絶頂く！　ボク……挿入れた……ち×ぽ……挿入れただけで……ボク……絶頂くっ♥　イクイクイク――いっぎゅぅぅう♥♥♥」

　この挿入だけで輝夜は達する。無様な蕩け顔を晒しながら、何度も肢体を震わせた。

「おっほ……もれる……。これ……おひっこ……もれひゃぅぅう♥　おおおお♥　止まらない！　ボク……お漏らし……止まらないぃいい♥♥♥」

　同時に条件反射のように尿まで漏らす。ジョボロォッと多量の黄金水を漏らしながら――

「ご……めんなひゃい！　お漏らし……ごめんなひゃいぃぃい♥　でも……どうしようもない……。止められなひ♥　きもぢよずぎで……無理ぃいぃ♥♥♥」

謝罪の言葉を口にしつつも、自ら輝夜は腰を振り始めた。

射精して欲しい。たくさん射精して欲しい。蜜壺を熱汁で、濃厚牡汁で満たして欲しいとでも訴えるように……。

肉の宴とでもいうべきか？

淫靡な悲鳴と濃厚な男女の発情臭が屋敷内に広がっていく。

そんな光景を――紅葉は一人見つめていた。

屋敷の庭に作られた犬小屋。その小屋の横に立てられた杭。杭から伸びる鎖――そんなものによって全裸状態で拘束されながら一人――

「あっあっあっ♥　わたくしも……欲しい……。犯されたい……。ち×ぽで……おま×こグチャグチャにかき混ぜ……られ……たいですわぁああ♥」

自分で自分の秘部をグチュグチュと慰めていた。

犯されたい。滅茶苦茶にされたい。自分もペニスを突きこまれたい。

やはり下腹部をボテッと膨らませながら、ひたすらそれだけを考える。

かつて女帝と呼ばれていた頃の面影はない。完全なる雌犬の姿だった。

あまりに無様すぎる。哀れささえも感じさせる姿……。

自分自身でだって情けないと思う。かつての自分が今の自分を見たら、間違いなく「こんな生き恥を晒すくらいなら死んだ方がマシですわぁっ!!」と怒り狂いながら容赦なく八つ裂きにしていたことだろう。

だが、紅葉は幸せだった。今の自分の境遇に幸運さえ覚えていた。

「欲しいのか？　犯されたいのか？」

輝夜を犯し終えた晶がリビングから紅葉を呼び寄せる。

「はい♥　はひぃいい♥　ぺろっ！　ぺろぺろぺろぉ」

四つん這いで這い寄り、媚びるように晶の足を舐める。ただそれだけで、

（あああ……気持ち……いい♥）

性感を覚えながら……。

（よかった。わたくし……修行をしてきてよかった。最強を追い求めてきて……本当によかった……）

心の底からそう思う。なぜならば、最強を追い求めてきたからこそ、この立場になることができた。晶の奴隷になることができたのだから……。

これこそが、女帝紅葉の勝ち得たものだった。

「ご主人様ぁあ♥」

心の底から幸せそうな笑みを、紅葉は口元に浮かべて見せた。

えすかれ美少女文庫
FRANCE SHOIN

地下《ちか》コロシアム敗北《はいぼく》！
女拳士《おんなけんし》、騎士《きし》、喧嘩屋少女《けんかやしょうじょ》

著者／ほんじょう山羊（ほんじょう・やぎ）
挿絵／てんまそ
発行所／株式会社フランス書院
〒102-0072　東京都千代田区飯田橋 3- 3 -1
電話（営業）03-5226-5744
（編集）03-5226-5741
URL http://www.bishojobunko.jp

印刷／誠宏印刷
製本／宮田製本

ISBN978-4-8296-6311-0 C0193